三民叢刊128

古典到現代

張健著

三民書局印行

自序

張健

顧名思義，本書中有中國古典文學——包括詩、散文、小說、文學批評——的論評，也有中國現代文學的析論和評介。以篇幅而論，前者稍多，但若以涉及的層面看，後者不但足以分庭抗禮，且猶有所超出。

我撰寫這些文章的時候，一貫地以持平而客觀的態度，中和而謹嚴的文字，簡約而不枯窘的剪裁來從事，所以儘管篇幅有長短之分，寫作時間有久暫之別，發表的處所亦分屬於報章與學術性或綜合性刊物，但它們大體上都具備近似的風格和作法，如今熔於一爐，雖不敢說天衣無縫，也算得上是理直氣壯了。

文學評論本不是一件容易的事，或倚輕倚重，或偏激失當，或吹捧成習，或詈罵為嗜，都不能見許於大方之家。個人從事此道，已有三十餘年的歷史，以往也曾出版過十餘種有關文學批評的專書，本書乃是近幾年來這方面著述的大薈萃，除了過分專門的論著另有出版計畫外，本書可以說是雅俗共賞、情理兼顧之作，謹此留待讀者們的公評及指教。

書末的幾篇書評及序文，亦具有參考的價值，故經抉擇後一併收入。

是為序。

八四年歲末於臺大中文系

古典到現代

自序

目次

陶淵明的境界

——陶詩六種語

陶淵明是晉朝的大詩人，也是中國文學史上影響最大的詩人之一，蘇東坡晚年，甚至認為曹植、劉楨、鮑照、謝靈運、謝脁、李白、杜甫這些詩人也都比不上他。❶

陶氏為人，有幾個與眾不同的特色：

一、高遠淡泊，不慕榮利。

二、平易近人，與農夫樵子亦能相處得十分融洽。

三、性情豪爽，隱然帶有俠氣。朱子便說他「豪放得來不覺耳。」《朱子語類・一四〇》

四、擁有纏綿深摯的情感。

五、獨立自主，愛好自由自在的生活。

---

❶見《與子由》書，又見《追和陶淵明詩引》。

六、嚴肅而負責任。

清代格調派批評家沈德潛在《說詩晬語》卷上中曾說他是「六朝第一流人物，其詩自能曠世獨立。」在《古詩源》中又稱許其詩「清遠閒放」❷。《說詩晬語》同卷中還有下面一段獨到的看法：

晉人多尚曠達，獨淵明有憂勤語，有自任語，有知足語，有悲憤語，有樂天安命語，有物我同得語。❸

本文試就此六種語分別舉例討論：

一、憂勤語：面對難以達成的目標，或受制於一無法抗拒的生命巨流，經歷憂思、反省後，乃有一番自我期許，及實際、適切的行動——勤。

陶集卷三《癸卯歲始春懷古田舍》有云：

先師有遺訓，憂道不憂貧。
瞻望邈難逮，轉欲志長勤。❹

❷ 見《古詩源》卷上，萬國圖書公司版，頁一九五。
❸ 見明倫版《說詩晬語》（郭紹虞標點校訂）卷上，第六十一則，頁五三二。
❹ 以下所引陶詩均據明倫版《陶淵明研究資料彙編》中所錄。

可謂憂勤語的最佳代表。此外如：

采采榮木，結根於茲，晨耀其華，夕已喪之。
人生若寄，憔悴有時。靜言孔念，中心悵而。
（卷一：榮木）

繁華朝起，慨暮不存。貞脆由人，禍福無門。
（同上）

萬化相尋繹，人生豈不勞。
從古皆有沒，念之中心焦。
（卷三：己酉歲九月九日）

日月擲人去，有志不獲騁。
念此懷悲悽，終曉不能靜。
（卷四：雜詩）

都是寫「憂」之什，或憂生命之易盡，志業之不騁，或苦於禍福不能自決，人生難有自由意志。

另外一些篇什則偏重於「勤」勉：

匪道曷依，匪善奚敦？（卷一：榮木）

先師遺訓，余豈之墜？四十無聞，斯不足畏。
脂我名車，策我名驥。千里雖遙，孰敢不至？（同上）

名汝曰儼，字汝求思。溫恭朝夕，念茲在茲。
尚想孔伋，庶其企而。（卷一：命子）

何以寫心？貽此話言。進簣雖微，終焉為山。（卷一：贈長沙公）

民生在勤，勤則不匱。（卷一：勸農）

開春理常業，歲功聊可觀。

晨出肆微勤，日入負耒還。

（卷三：庚戌歲九月中於西田穫早稻）

或自我期許，或泛說，或勖勉兒子，不一而足。同時還展示「不憂貧」的樂道自足之心。

此外還有一些憂、勤並抒之什：

羲皇去我久，舉世少復真。
汲汲魯中叟，彌縫使其淳。

（卷三：飲酒）

是憂世之衰（少復真），而讚譽當年孔子的勤以彌縫。

不怨道里長，但畏人我欺。
萬一不合意，永為世笑之。

（卷四：擬古）

此詩多寫憂畏，但「不怨道里長」一句仍透顯其勤勉之精神。可見勤者每不會怨天尤人。

二、自任語：乃指自信、自負或自放的詩句。陶淵明在這方面的個性表現，真不愧為「羲皇上人」。

如前引《榮木篇》的「先師遺訓，余豈之墜？……千里雖遙，孰敢不至？」亦自信之語。憂勤與自信，有時真可說是一體的兩面。

大鈞無私力，萬物自森著。
人為三才中，豈不以我故？
（卷二：神釋）

此詩不僅自信，而且顯示了對全體人類的信心。

不賴固窮節，百世當誰傳？
（卷三：飲酒）

自信不是憑空得來的，君子固窮之節操，乃其根本所在。

辭家夙嚴駕，當往志無終。
問君今何行？非商復非戎。
聞有田子春，節義為世雄。

斯人久已死，鄉里習其風。
生有高世名，既沒傳無窮。
不學狂馳子，直在百年中。
（卷四：擬古）

如此一味以古之高士為範，信心十足，故不以「狂馳子」為然，且隱然有鄙薄之意。

憶我少壯時，無樂自欣豫。
猛志逸四海，騫翮思遠翥。
（卷四：雜詩）

此什不僅自信，且已有自負之意。雖是回顧當年，其意氣之軒昂，仍不難感知。

豈忘襲輕裘？苟得非所欽。
賜也徒能辯，乃不見吾心。
（卷四：詠貧士）

窮而有節，乃是淵明的基本美德，故不時以此自明，亦不免由自信而略露自負之情。

至於自放之語，亦有多見：

老夫有所愛，思與爾為鄰。
願言謝諸子，從我潁水濱。（卷二：示周續之祖企謝景夷三郎）

是生平志節之自抒，亦有自放於人世之意。

提壺接賓侶，引滿更獻酬。
未知從今去，當復如此不？
中觴縱遙情，忘彼千載憂。
且極今朝樂，明日非所求。（卷二：遊斜川）

平生不止酒，止酒情無喜。
暮止不安寢，晨止不能起。（卷三：止酒）

這兩首都是寫飲酒自放以得人生之樂，一從正面寫，一從反面寫。一有賓伴，一未說及伴侶。所謂「縱遙情」，可說是他自任的一大極端。

三、知足語：知足常樂，為中華民族的一大民族性，如果投射在文學作品中，陶淵明詩可謂一個典範。

稱心而言，人亦易足。
揮茲一觴，陶然自樂。
（卷一：時運）

「心」（實指欲望）不必大，欲求滿足便容易。而飲酒乃人生自足的一大捷徑。

延自中流，悠想清沂。
童冠齊業，閒詠以歸。
我愛其靜，寤寐交揮。
（卷一：時運）

這是活用孔子與弟子言志章中的掌故：水邊吟詠，悠閒自得，是人生自足的另一方式，即與大自然交流以得趣。

衡門之下，有琴有書。
載彈載詠，爰得我娛。
豈無他好，樂是幽居。
朝為灌園，夕偃蓬廬。
（卷一：答龐參軍）

彈琴讀書詠詩灌園，是陶淵明山水之樂外的四大樂趣，若再加上親友交歡，庶幾完璧：

人之所寶，尚或未珍。
不有同愛，云胡以親？
我求良友，實覯懷人。
歡心孔洽，棟宇惟鄰。
（同上）

淵明交友，不暇細擇，但必須有「同愛」，龐參軍固是可人，農樵鄰人，亦多可親。

有客賞我趣，每每顧林園。
談諧無俗調，所說聖人篇。
或有數斛酒，閑飲自歡然。
（卷二：答龐參軍）

與客聊天、談道、飲酒、賞林園，是淵明之至樂，也可說是以上所述各種自足之道的一大綜合。

說得更清晰的是卷二的《移居二首》：

昔欲居南村，非為卜其宅。
聞多素心人，樂與數晨夕。
懷此頗有年，今日從茲役。
弊廬何必廣，取足蔽床席。
鄰曲時時來，抗言談在昔。
奇文共欣賞，疑義相與析。
春秋多佳日，登高賦新詩。

過門更相呼，有酒斟酌之。
農務各自歸，閑暇輒相思。
相思則披衣，言笑無厭時。
此理將不勝，無為忽去茲。
……

此處又增加了共同欣賞奇文妙詩、互相探討剖析文義及登高賦詩、各理農務等項目，大致說來，仍未逸出前述六種樂趣的大範圍。

藹藹堂前林，中夏貯清陰。
凱風固時來，回飆開我襟。
息交遊閑業，臥起弄書琴。
園蔬有餘滋，舊穀猶儲今。
營己良有極，過足非所欽。
春秫作美酒，酒熟吾自斟。
弱子戲我側，學語未成音。

此事真復樂，聊用忘華簪。
遙遙望白雲，懷古一何深！
（卷二：和郭主簿）

此詩中又增益了釀酒、賞子、懷古三細目。而且「過足非所欽」五字，更正面點明了人生貴知足的哲理睿思。

居止次城邑，逍遙自閑止。
坐止高蔭下，步止華門裏。
好味止園葵，大歡止稚子。
（卷三：止酒）

此詩等於呼應前首，而又加上口腹之慾——「好味止園葵」，仍是很有節制的嗜好。

弊襟不掩肘，藜羹常乏斟。
豈忘襲輕裘？苟得非所欽。
（卷四：詠貧士）

弱齡寄事外，委懷在琴書。
被褐欣自得，屢空常晏如。
（卷三：始作鎮軍參軍經曲阿）

則明明白白地展示「安貧樂道」的旨趣，衣食之不足，並不能改變此種心境和情操，我們或許可以說：這正是淵明與顏淵之所同。

秉耒歡時務，解顏勸農人。
平疇懷遠風，夏苗亦懷新。
雖未量歲功，即事多所欣。
（卷三：癸卯歲始春懷古田舍）

此詩由自樂而勸人，更寓工作、娛樂合一之旨。大自然的美景，不必求其奇山異水，即一風一苗，莫不可欣，所以「即事多所欣」五字衝口而出，正流露了陶氏最可貴的情懷。可謂古今達觀詩人之範例。

四、悲憤語：淵明一方面灑落自得，脫略人世拘牽，一方面又不免對人間的苦難不平發出悲思激憤之音。與其說是為己而悲，不如說是為廣大的生民而悲，為宇宙造化而悲。

天道幽且遠，鬼神茫昧然。
結髮念善事，僶俛六九年。
弱冠逢世阻，始室喪其偏。
炎火屢焚如，螟蜮恣中田。
風雨縱橫至，收斂不盈廛。
夏日長抱飢，寒夜無被眠。
造夕思雞鳴，及晨願烏遷。

（卷二：怨詩楚調示龐主簿鄧治中）

此詩中的作者，簡直像是徹頭徹尾的換了一個人。他因為生活淒苦，乃至夕求晨至，朝希夜來，同時懷疑「天道」和「鬼神」。為什麼善無善報？炎火、風雨，都對他那麼不友善，公理何在？天心何為？

銜哀過舊宅，悲淚應心零。

借問為誰悲？懷人在九冥。……
門前執手時，何意爾先傾。
在數竟未免，為山不及成。
慈母沈哀疚，二胤才數齡。
雙位委空館，朝夕無哭聲。……
翳然乘化去，終天不復形。
遲遲將回步，惻惻悲襟盈。
（卷二：悲從弟仲德）

此詩雖為哀悼一人之作，却亦暗寓悲憤天道不與善人的情思。

疇昔家上京，六載去還歸。
今日始復來，惻愴多所悲。
阡陌不移舊，邑屋或時非。
履歷周故居，鄰老罕復遺。
（卷三：還舊居）

此詩歎人世的滄海桑田，無可奈何，是時間的遊戲使然？還是命運的黑手在弄人？悲愴而未及於憤懣。

長公曾一仕，壯節忽失時。
杜門不復出，終身與世辭。
（卷三：飲酒）

此首以古人有志不能伸，側寫仕途之多艱，正所以自寫胸中塊壘，是悲憤之音，以含蓄出之。

種桑長江邊，三年望當採。
枝條始欲茂，忽值山河改。
柯葉自摧折，根株浮滄海。
春蠶既無食，寒衣欲誰待？
本不植高原，今日復何悔！
（卷四：擬古）

此詩以桑樹之夭折為題材，寫出不植於高原之後遺症，似為規箴世人之作。但隱隱中仍有悲憤命運不時之意。

五、樂天安命語：樂天安命，比知足更高一境，亦可洞見陶氏哲人境界之一斑。最顯著的是「形影神三首」：

存生不可言，衛生每苦拙。
誠願遊崑華，邈然茲道絕。（卷二：影答形）

立善常所欣，誰當為汝譽？
甚念傷吾生，正宜委運去。
縱浪大化中，不喜亦不懼。
應盡便須盡，無復獨多慮。（卷二：神釋）

前首之「誠願遊崑華」，只是一種祈嚮，但不免遇到「茲道絕」的挫折；後一首的「縱浪大化中，不喜亦不懼。」才是作者真正的宗旨所在。一切任其自然，應盡便盡，何等灑脫，樂天知命，二而一、一而二也。

既來孰不去，人理固有終。
居常待其盡，曲肱豈傷沖。
（卷二：五月旦作和戴主簿）

居常待盡，四字可掩蓋「神釋」的宗旨。曲肱而樂，心平氣和。知道來者必去，或反而能獲得另一種層次的「永恆」。

運生會歸盡，終古謂之然。
世間有松喬，於今定何間？
故老贈余酒，乃言飲得仙。
試酌百情遠，重觴忽忘天。
天豈去此哉，任真無所先。
（卷二：連雨獨飲）

既知人生有盡，便不羨神仙，得酒而飲，便是另一種神仙境界。至於天道如何，不必掛心。化悲憤為超脫，化懸疑為曠達，淵明得之。

耕織稱其用，過此奚所須。
去去百年外，身名同翳如。
（卷二：和劉柴桑）

這裏展示了一種平實的人生態度：各盡其力，各取所需。至於其他，都不必牽掛：因為百年易過，身、名同殞，生前福與身後名，同歸泡影。

因此，他對於功名仕進，也是淡之又淡：

投冠旋舊墟，不為好爵縈。
養真衡茅下，庶以善自名。
（卷三：辛丑歲七月赴假還江陵夜行塗口）

掛冠之後，養性修身，一貫以善自許自勉，這樣才能十足地達成樂天知命的境界。

丈夫志四海，我願不知老。
親戚共一處，子孫還相保。
觴絃肆朝日，樽中酒不燥。

緩帶盡歡娛，起晚眠常早。
孰若當世士，冰炭滿懷抱。
百年歸丘壟，用此空名道。
（卷四：雜詩）

不知老之將至，是孔子的自許語，淵明蹈之以躬。親戚子孫、絃歌杯酒，都是樂天知命的具體現象。但是世人得之者或多，樂之如淵明者則少。

六、物我同得語：這就是天人合一、民胞物與的境界，乃是陶淵明融合儒、道、釋三家精義的綜合體驗。

曖曖遠人村，依依墟里烟。
狗吠深巷中，雞鳴桑樹顛。
（卷二：歸園田居）

此詩只直寫鄉居光景，村莊、炊烟、狗吠、雞鳴，但隱約有人焉與之泯合，實得王國維所謂「無我之境」。

更具代表性的是《飲酒詩》（卷三）：

結廬在人境，而無車馬喧。
問君何能爾？心遠地自偏。
採菊東籬下，悠然見南山。
山氣日夕佳，飛鳥相與還。
此中有真意，欲辯已忘言。

情、景交融，不藉言辯。中間有兩句自問自答，只是助勢添興而已。採菊東籬、悠然見山，是物我同得的最佳注腳。山氣、飛鳥，更加重其意味。

相命肆農耕，日入從所憩。
桑竹垂餘蔭，菽稷隨時藝。
春蠶收長絲，秋熟靡王稅。
荒路曖交通，雞犬互鳴吠。

（卷四：桃花源）

這裏雖是陶氏的烏托邦，卻正也是物我同得的最落實畫面。除了「靡王稅」之外，現實世界中都可以做得到，並非虛幻的神仙故事。

卷四的《雜詩》十二首之十二，寫松而喻之以人：

嫋嫋松標崖❺，婉孌柔童子。
年始三五間，喬柯何可倚？
養色含精氣，粲然有心理。

分明是崖邊幼松，卻把它寫成一個三五歲的小童，養色含氣，粲然而有神理（詩中用「心理」二字，暗寓松亦有心之旨），此乃物我同得之另一種表現。

其實陶詩境界尚不止此六項，如深情語❻、豪放語❼等，亦可補入，不過此六種語可謂其尤重要者。

---

❺「崖」字一本作「雀」，不可解。

❻如《命子》、《與殷晉安別》等詩。

❼如《詠荊軻》等詩。

李白詩的內涵與風格

李白是中國三大詩人之一（另兩位是陶潛、杜甫），他的詩內涵豐富，雖然稍稍不逮杜甫，卻超出了陶潛及其他許多重要的詩人。

我把李白詩一〇〇一首的內涵歸納為以下十類：

一、抒情：抒情詩是中國古典詩的主流，李白這位大詩人自然也不能例外。全集中大概有四分之一的作品是抒情之什。如《長干行》寫男女之情，《靜夜思》寫思鄉之情，《寄東魯二稚子》抒親子之情，《送友人》則抒寫好友情誼。

二、言志：抒情、言志、載道是中國文學的三大重鎮，詩中言志的作品，自《詩經》起便蔚為大觀，如果把抒情部分析出，專門納入狹義的言志作品，李白詩集中也有相當可觀的數量。如《梁甫吟》寫有志不遇（泰山以喻時君，梁父以喻小人）。《駕去溫泉宮後贈楊山人》則刻畫他獲得玄宗重視後為國效忠立功、然後歸隱的心願：「一朝君王垂拂拭……待吾盡節報明主，然後相攜臥白雲。」另外《梁園吟》也是志在用世之作：「東山高臥時起來，欲濟蒼生未應晚。」

三、載道：古風五十九首是最標準的載道作，固然其中也還不乏言志、抒情之句什（其實三者也有不可盡分的情況）。「大雅久不作，吾衰竟誰陳！」開宗明義，便是為天下人立言的架勢。「世無洗耳翁，誰知堯與跖！」何等傷痛！「功成身不退，自古多愆尤！」又是如何的一片苦心孤詣。

四、敘事：如《江夏行》——寫商人怨婦的故事；《古風五十九首之十九》記中原兵亂（安史之亂），但用側筆寫照；同詩之四十八用了五十字把秦始皇一生的功過都記敘出來，俱見其功力。

五、諷刺：如《嘲魯儒》：「魯叟談五經，白髮死章句。問以經濟策，茫如墜煙霧。」嘲諷只會讀死書的書呆子，既謔且諧。古風五十九首之三《秦皇掃六合》則借古喻今，諷刺唐玄宗大興土木，造宮廟，鑄佛像，崇道教。

六、遊仙：遊仙詩自六朝以來，代有傳人。李白可說是唐代遊仙詩的代表作家。他兼攝遊仙詩的二型，既寫遊仙的實景，又借遊仙以自抒不遇的懷抱。如《題元丹丘潁陽山居》、古風五十九之四十一、《西嶽雲台歌送丹丘子》等均是。「朝弄紫泥海，夕披丹霞裳。……永隨長風去，天外恣飄揚。」這首「古風」，真可以作為古今一切遊仙詩的典範：完整、仔細而不累贅！

七、寫景：詩人對大自然，每多會心處；而觀察力的敏銳，也往往反映在寫景的詩句或詩篇中。如《姑熟十詠》、《秋浦歌十七首》均為此中之佼佼者。就連名篇「蜀道難」，也兼有寫景與言志的雙重性質。

八、詠人：如《少年行》之寫「淮南少年遊俠客」，僅讀「呼盧百萬終不惜，報讎千里如咫尺。」二句，便能感受此少年不凡的氣勢和風姿。而篇末的議論，也有千軍萬馬之勢。此外如《贈郭將軍》、《別魯頌》等，均為佳作。

九、寫物：由動物、植物到音樂聲，均可歸屬於此類。如《紫騮馬》、《白鷺鷥》、《慈姥竹》、《春夜洛城聞笛》等。（如果細分，音樂可另闢一類，惜為數不多。）

十、仿古：如《效古二首》——在長安有感於遇合之難而作；《擬古》（「融融白玉輝……一報佳人知。」）為仿擬庾信、江淹之作。《擬古十二首》則仿《古詩十九首》。

以上十類，為取李白詩之尤多見者，其他如詠畫詩（如《瑩禪師房觀山海圖》）等，只偶有所見，茲不另項列舉。

至於風格方面，可分為九類：

一、婉約：柔婉而含蓄，甚至代女性立言抒情。如《長相思》、《玉階怨》。絕句中尤多此一風格。

二、豪放：此為李白之最擅長。或謂李詩豪、杜詩雄，李杜均當之無愧。集中如《蜀道難》、《胡無人》、《俠客行》、《將進酒》等，均屬此類。

三、莊嚴：李白能諧能莊，能收能放。《古風五十九首》中的大部分，都是莊嚴肅穆的詩，完全不雜一諧調語。

四、平淡：如《靜夜思》、《于闐採花》、《勞勞亭》等，都淡逸如水，但並不表示缺乏情思，反之，往往有越淡越醇之感。

五、詭譎：天才每多奇詭之思，太白自不例外。如《懷仙歌》、《來日大難》、《夢遊天姥吟留別》。就連《蜀道難》亦可視作「奇詭」之代表作。

六、沉鬱：沉鬱被世人公認為老杜的主要風格，但太白詩集中亦偶有此類作品。如《奔亡道中》之一、《秋浦歌十七首》之十、《古風五十九首》之二十二（《秦水別隴首》）等。

七、悲壯：悲壯與豪放貌似而神不同。李白亦工於為此。如樂府詩《戰城南》，歌行中的《從軍行》等。《古風五十九首》中亦有此類風格的句段。

八、清新：清新、俊逸，可分而不可分，李白亦常能由俊逸見清新。如《遠別離》、《關山月》、《峨眉山月歌送蜀僧晏入中京》等。

九、通俗：太白氣傲才高，頗有「文化貴族」之風姿，但他有時也採用六朝以來流行於民間的歌調作詩，如《子夜吳歌四首》等。

李白曾受《詩經》、《楚辭》（艇齋詩話說：「古今詩人有離騷體者，惟李白一人。」言雖詩張，足見太白所受影響。）、莊子、曹植、阮籍、陶潛、謝靈運、鮑照、謝朓、張協、張華、郭璞（遊仙詩）、庾信、陳子昂（朱子云：「古風兩卷（按即《古風五十九首》）多效陳子昂，亦有全用其句處。」）等的影響；後來則影響到杜牧、歐陽修、蘇軾、蘇舜欽、張耒、楊維楨、查慎行、龔自珍（舉其尤要者）等。

縱觀他的詩歌，優點有十：

一、獨創性高。

二、才氣闊大。

三、規模浩蕩。

四、承先啟後。

五、變化多端。

六、氣勢雄奇。

七、能放能斂。
八、各種題材均可入詩。
九、意隨筆生，不假布置。(謝榛評語)。
十、能長能短，揮灑自如。
李白詩的缺點，也可析別為八：
一、不夠含蓄：當然是指一部分過度豪放或任興而作的詩篇。
二、不合法度：(曾鞏評語。)如律詩中二律不盡對仗等。
三、多寫飲酒、婦人，其識污下。(王安石評語，不過不盡公允。)
四、稍嫌輕率。
五、不擅長律詩。
六、時有累句，即不夠簡潔。
七、內容時有重複(黃徹評語)。
八、偶有不近情理語。(嚴有翼評語；但他舉「白髮三千丈」為例，該句實為一誇張語，不是恰當的舉證。)

杜甫和他的詩歌

西元七一二~七七〇年（唐睿宗先天元年~代宗大曆五年）在世的杜甫，是唐代大詩人。字子美，因為曾住在長安城南的少陵（漢宣帝許后墳）以西，所以自稱「少陵野老」，世稱杜少陵。祖籍襄陽（今屬湖北省），出生於鞏縣（今屬河南省）。他是詩人杜審言的孫子，早期作詩也受乃祖詩風的影響。少年時多病，但勤奮好學。七歲就能寫詩；二十歲以後，南遊吳、越（浙江、江蘇），北遊齊、趙（山東、河北、山西），過著「裘馬清狂」的生活。天寶三年（西元七四四年），在洛陽認識了李白，後來常有酬贈之作。這是他詩創作的第一期，所寫的代表作有《遊龍門奉先寺》、《望嶽》、《房兵曹胡馬》、《畫鷹》等詩，雄姿英發，風格偏於陽剛，已展露了傑出的藝術才具，也顯示出青年人的豪放氣概與遠大抱負。「會當凌絕頂，一覽眾山小。」可以代表這一時期。

天寶五年（七四六年）往長安應試，因權臣李林甫作梗，未及第。天寶十四年（七五五年），也就是他向唐玄宗呈獻三大禮賦後四年，才獲得右衛率府冑曹參軍的官職。在困居長安的十年中，無法施展才華，生活也困苦。眼見朝政腐敗，人民疾苦，痛心地寫成《兵車行》、《麗人行》、《自京赴奉先縣詠懷五百字》等名詩。最後一首，傷時憂民，抒寫入骨，可說是他困居長安十年生活的總結。其中「朱門酒肉臭，路有凍死骨。」更是富有代表性的名句。這是他創作的第二期。

第三期是安史之亂期。天寶十五年（七五六年），安祿山攻陷長安後，他流離失所，為叛軍所俘，後逃至鳳翔（七五七年），肅宗任命為左拾遺。這時期所寫的《春望》、《羌村》、《北征》等，沉痛地刻畫了顛沛流離的經歷，透露了他對故國沉淪的悲憤，對人民苦難的深摯同情。長安收復後，又回京都，不久，為救房琯，被貶為華州司功參軍，（七五八年），他在到華州去上任的途中，目擊賊亂未平，朝廷向民間濫徵兵員的慘象，寫出了他的新樂府組詩《新安吏》、《潼關吏》、《石壕吏》、《新婚別》、《垂老別》、《無家別》，世稱《三吏》、《三別》，是他最富人道精神的寫實作品，也形成本期的巔峯。時為肅宗乾元二年（七五九年）。不久，關內大旱，養家艱難，遂棄官西行，度關隴，客秦州，寓同谷，一路跋涉於寒峽荒山之間，到成都定居。七五九年下半年，他的代表作有《秦州雜詩》二十首、《同谷七歌》、《聞官兵收河南河北》、《茅屋為秋風所破歌》等。「國破山河在，城春草木深。」可象徵本期特色。

第四期：七六〇年春，杜甫築草堂於浣花溪畔。隨後在故人劍南節度使嚴武幕中任職，官參謀、檢校工部員外郎，故世有杜工部之稱。由七六〇年始至七六五年初，即草堂時期。這六年中他的代表作有《賓至》、《有客》、《狂夫》、《江村》、《野老》、《戲韋偃為雙松圖歌》、《客至》等，此期生活平靜安泰，心情亦較愉悅開朗，因此詩中充滿田園風味，意境近似陶淵明的作品。並與高適、裴迪等交遊。「舍南舍北皆春水，但見群鷗日日來。」可代表本期。風格清逸平淡。

代宗永泰元年（七六五年）五月，他攜家離草堂南下，經嘉州、戎州、渝州、忠州，九月到雲安，因病留居，大曆元年（七六六年）晚春，移居夔州，開始了他的最後（第五）一期，即夔州時期。作有《秋興八首》、《諸將五首》、《夔州歌十絕句》、《白帝》等詩，其中《秋興八首》尤稱傑作。大曆三年（七六八年）正月，離夔州出峽，到江陵，秋天又移居公安縣，歲暮至岳州，七六九年至南嶽，入洞庭湖，三月抵潭州，作《清明二首》等，又赴衡州，復返潭州，七七〇年四月又避亂到衡州，欲往郴州依舅父崔偉，先到耒陽，泊方田驛，秋天至潭州，泝湘水而下，冬天卒於潭、岳間。「聞道長安似弈棋，百年世事不勝悲。」可代表本期。風格老成沉鬱。

他一生信守儒家思想，「致君堯舜上，再使風俗淳。」是最大的理想，可惜時代動亂，政治上的惡勢力又大，終致有志難伸。他在詩中表現的思想有：一、泛愛眾生，二、非戰反戰，三、諷世之不平，四、忠君愛國。偶有出世之想，但往往只是一瞬即逝。他的詩藝，不論主題、結構、用喻、用典、造句、遣字、音律、意象，均為第一流者，故元稹有「集大成」之說，而題材之廣，風格之寬，亦為文學史上所罕見，因此「沉鬱」二字，固不足以盡之；「詩史」一目，亦不能盡包其成就；而「詩聖」一詞，他正可當之無愧。與李白齊名，世稱「李杜」。著有《杜工部集》，收詩共一千四百餘首。他對後代的影響之大，其他詩人望塵莫及，如宋代江西詩派，便一貫地以老杜馬首是瞻。

總之，老杜詩可以用「深、妍、高、化」四個字來形容。

唐宋八大家的詩文

中國是一個愛好數字的民族，我們愛數字，不是用來數錢或者算地，我們愛拿數字來潤飾人事，美化歷史。

試想：歷史上、小說裏，不是常會出現一些用數字串連起來，聽上去很悅耳、很響亮的名詞嗎？最多的是四個字的，其次是兩個字的、三個字的、五個字的。比如說：四書、五經、六藝、七略、八俊、九僧、詞壇三李、文章四友、竹溪六逸、建安七子、竹林七賢、竟陵八友、醉中八仙、前後七子、大曆十才子等等，使人覺得饒有趣味，或者有些迷惑。可是沒有人能夠完全對它們無動於衷。「竹林七賢」總比單單一個阮籍更有魅力吧？七子總比李夢陽一人聲勢浩大吧？

稍為有一點文學史常識的人，誰不知道唐宋八大家？它的緣起，是明人茅坤編集了一部《唐宋八大家文鈔》，流行不衰，因而膾炙人口。不過它和上舉的那些例子，都有些不同，它不但有五個字，而且自然而然地會給人一種如雷貫耳的印象。因為「八」已經夠大了，下面還要加上「大家」兩個字——在直覺上，「家」比「子」強，「大」字又錦上添花。何況這八位先生又是跨越了兩個時代——韓愈生於西元七六八年，蘇轍死於一一一二年，這當中綿延了三個半世紀！而八人中又至少有五人是詩文兼擅的，同時大部分是在政治上有建樹的風雲人物。因此這一組合，真可以說是「不作第二組想」。

以下就以他們的古文為重心、詩詞為輔，作一簡要的介紹和析評。

韓愈的古文，氣勢磅礡，條理清晰，變化多端，像長江大河，浩蕩流轉，有些作品平淡中有奇崛，既雄峻又高明，而且能大能小。他的文章兼涵各種風格，真可說是百花齊放，正如袁枚所說的：「化工才大百花生。」試舉兩個範例：

《送董邵南序》用曲筆致意，由反面著筆，溫柔敦厚，寓勸導之意於末段，使讀者逐漸感悟。《廖道士序》則正中有諷，吞吐自如，簡直使對方受作者任意布弄。

他的古文，大體可細分為雄悍、溫厚、正告、幽默、狡黠五型（據劉中和說）。

韓愈的詩，比文章更為奇崛，不但大量運用散文句法，而且音節詰詘聱牙；氣勢強勁，題材寬闊，但是詩情相對地稀薄。

柳宗元的古文韓愈曾用「雄深雅健」四字來稱讚，很像司馬遷，但是奇險處更超過子長。

他的思想博大精湛，不以儒家自限，比韓愈更深厚。朱熹說他的文字「高古」，除了指內容意境外，喜用古字和偏僻的字，應當也是一大原因。他的遊記細膩而幽冷，精彩美妙，往往在其中寄託自己的身世之感，和他對人世的態度。寓言也妙趣橫生，自然而然地寓涵了許多國家、人生的大道理。如《種樹郭橐駝傳》便是一個範例。一般說來，他的文章像水仙花那麼幽潔美妙，卓犖不群。

他的詩在平淡中見華妙，質而實腴，是陶詩的嫡嗣，蘇東坡最欣賞它，但也有一些孤峭之作，如「海畔尖山似劍鋩，秋來處處割愁腸。若得化為身千億，散上峯頭望故鄉。」便是有名的例子。

韓、柳文比較：我選取了四位批評家的意見——

邵博說：「韓退之文自經中來，柳子厚文自史中來。」這當然不是絕對的真理。但韓文出入詩、書，參以《左傳》、《穀梁》，柳文兼取史、漢之長，則是一客觀的事實。

朱熹說：「韓退之議論正，規模闊大，然不如柳子厚較精密，韓較有些正道意思。」「柳文……不甚醇正。」這裏批評韓闊大柳精密，可說千古同感，但是說韓正柳不正，便不免囿於正統的儒家立場了。

羅大經說：「韓如美玉，柳如精金；韓如靜女，柳如名姝；韓如德驥，柳如天馬……韓、柳猶用奇字、重字，歐、蘇唯用平常字、輕虛字，而妙麗古雅，自不可及。」這一段出自《鶴林玉露》，強調韓柳風格之不同外，更順便說到他們作法上相同的地方。就不同處看，柳如精金十分恰切，韓如美玉便不盡然，因為韓兼有各種風格，似美玉者固多，似大石者亦不少。韓如靜女也不是十分的確，亦有如名姝或老夫人者。德驥、天馬之喻較中肯，但韓文也偶有像天馬的。

陳獻章說：「柳子厚比韓退之不及，只為太安排也。」按：子厚安排，只是部分文字，如天馬者便不可謂「太安排」；退之並非不安排，只是爐火純青，安排得絲毫不落痕跡。陳氏說對了一大半。

歐陽修的古文典雅溫婉，但在柔婉中不時也透出陽剛之氣。而且善於創新，能夠巧妙地運用平常的虛字，而造成很新鮮的效果。文章很注重結構，如《醉翁亭記》、《真州東園記》便都是獨造一格。他又注重修改，連便條也不肯隨便寫；常把文章的初稿貼在家裏的牆上，或坐或臥，觀看不已，隨看隨改。如《晝錦堂記》中的「仕宦至將相，富貴歸故鄉。」二句，寫成送出後又覺不妥，在「仕宦」、「富貴」下各加一「而」字，再補送定稿給韓琦，就是一個有名的故事。他的古文像牡丹。

歐陽修的詩也婉妙自然，但創意較少，受李白的影響比較大。他寫詩的態度好像沒有寫文章那麼嚴謹，有時信筆揮灑，寫完便罷，因此成就也略遜於文，他的詞比較濃豔，正好寄寓他的另一番情思，比詩更見特色。

蘇洵是蘇軾、蘇轍的父親，眉山蘇家一門三傑，當地俗謠稱頌不遺餘力：「眉山生三蘇，草木盡皆枯。」「蘇文熟，食羊肉；蘇文生，吃菜羹。」他們的聲望和影響力由此可見，洵二十五歲才立志向學，二十七歲更謝絕諸同遊少年閉門讀書，六年後因為一再考進士失敗，燒毀自己的幾百篇文章，絕筆不作五、六年，又讀《論語》、《孟子》、韓文七、八年，自覺大有進步，從此幾千字的文章可以一氣呵成，造於深微之境。

他的文章剛強有力，深受《孟子》、《戰國策》、《史記》、韓愈文等的影響，講究方法和結構，有精神，有力量，有光彩，十分謹嚴，也能夠灑脫奔放，跟歐陽修的溫婉正好形成一個有趣的對比。當時很多人都學他的文章。他的議論文尤其傑出，代表作差不多都是論歷史和政治、軍事的，句法參差變化，效果活潑有力。他的文章像白玫瑰，乍看平淡不豔，細品則自有鋒芒。

範例如《心術》：先細說為將之道，鎮定從容，修養到家，有智慧，有威嚴，敢冒險，也能忍耐；接著論作戰的方法：首先充實戰鬥力，有所憑藉，再培養士氣和鬥志，利用人性的優點和弱點，使士兵不致膽怯、懈怠和厭戰，以自己的長處攻敵人的短處，事先並要掩藏自己的長處，可謂面面俱到，設想入微，而又層次分明，如立戰陣。

曾鞏文善於說理，文字精鍊切實而不浮誇，朱子尤其稱許它，結構嚴，氣勢充沛，而又簡潔含蓄，對桐城派影響很大，所以後人稱他為「桐城派古文宗師」。他的古文像梅花，修潔有勁，但不露鋒穎。

範例如《贈黎安二生序》。其中提出兩個相對的現象——小迂和大迂。小迂指學古文；大迂指篤信古人的話，追求道德和正義，這是全文主題所在。因而勉勵二生：天下各種不同的人，必有不同的價值觀念：世俗的人認為你迂，也許正因為你選擇了一個正確的方向，做了一些正當的事，你又何必因為周圍的人嘲笑你，不了解你，而去改變自己，念念不忘或耿耿在懷呢？說得頭頭是道，抑揚婉轉。今人多半重視現實，懷抱理想之士，更應藉此自勉自許，心安理得地勇往直前。

王安石的古文簡潔而厚實，有些地方又能表現孤峭的風格，有點像司馬遷，也有點像韓、柳。是典型的政治家文章。他的作品可比喻為孤挺花。如《讀孟嘗君傳》，短短九十字，竟把一般人的觀念迎頭擊破，從容有力地說出他自己的高見，令人驚駭之餘，恍然大悟。

他的詩也孤挺有力，早期作品精緻典雅，對仗尤工。晚年退隱後，痛定思痛，詩更入化境，深婉不迫，餘音繞樑。

蘇軾是一位全才。他的古文豪放坦蕩，但自有法度，往往波瀾起伏，變化莫測，出人意料之外，讀來十分爽神，深受《莊子》、《戰國策》、陸贄文的影響。議論精彩獨特，能夠發人之所未發。小品也很精彩，可喻為鬱金香：或一朵兩朵，或大片如海。

範例如《記承天寺夜遊》：此文是一〇八三年（宋神宗元豐六年）在黃州作，共八十三字。東坡才由烏臺詩案脫難三年多，心情一片寧靜，而且「身」也真閒了（貶在黃州根本不許他辦公事）。

第一段簡記夜遊之前的時、地及出遊的動機：「解衣欲睡，月色入戶，欣然起行。」潔淨之至！其實人生的美妙，大都由單純的事情中得到，這是一個很好的證明。

第二段寫遊承天寺的緣由：月色使心中欣然，因而想出去走走，以延長那份「欣然」的心情。當時可以有三種選擇：獨遊、與眾遊，覓一知己同遊。其中以第三種最合乎中庸之道：不太出世，也不太入世。其實他選擇了承天寺（在湖北黃岡縣南）的一剎那，也就選上了寺中的張懷民。這不是長久思考的決定，而幾乎是一種直覺，一種順乎心靈的自然反應。

果然不錯：張也沒睡。事實上，他在決定此事時，似乎已有這一把握——他們倆「心有靈犀一點通」吧。

見面以後，沒說一句話，便「相與步於中庭」，是作者有意略去？還是兩人根本不需說什麼?都有可能。我們大可想像兩人會心微笑,相無對言,共入庭院……

景色亦寫得至簡:月色、竹、柏,加上幻覺,便另有藻荇(竹柏影)。——自成一幅水墨畫。東坡原來就是畫家嘛。

若以「蓋竹柏影也。」作結,也可以餘音嫋嫋了。但東坡又娓娓地說下去。「何夜無月?何處無竹柏?」本來是誇張語——文學語言不同於科學語言——但是兩句的主要作用是引出下面的「但少閑人如吾二人耳。」竹柏雖美,並不稀罕,世間的閒人卻少到不能再少。或身閒心不閒,或心閒(也許只是心死)身不閒,或身心兩忙。東坡本不是閒人,但一場冤獄反造就了他的閒,使他成了身心都釋然的大閒人,這是多麼可驚,也多麼難得的事!更難得的是,他身邊居然還有一位名不見經傳的張懷民,另一個真正的閒人!

東坡的詩題材廣、才氣高,有時不免犯了過於奔放直率、不夠含蓄的毛病。他的詞比詩更精鍊、更深刻雋永。

蘇轍八歲就讀書過目不忘,十六歲寫《夏論》、《商論》、《周論》等,歐陽修讀了大為欣賞。他的文章氣勢高妙,不以才華見長,陰柔中含有陽剛的成份,議論溫和而中肯,受《論語》、《孟子》、韓愈的影響很大。他主張多遊歷,多交朋友,以充沛自己的體氣,開擴自己的心胸,這樣才能寫出好文章來。他的性情敦厚溫潤,對於作品風格自有決定性的影響。他的古文像菊花：淡而不弱，自具風姿。

他的詩也留下一千多首，平平穩穩的，細讀之下，却也別有滋味。如《題李龍眠山莊圖四絕句》便刻畫出天下奇景，想像也很卓特。陸游甚至說他的詩比哥哥的更好，這當然是出於偏愛的話。

以八人的文學總成績來論，韓愈、蘇軾並列第一，柳宗元第二，王安石第三，歐陽修第四，曾鞏、蘇洵、蘇轍可並列第五。

孟浩然對大自然景物的抒寫

除了描繪、刻畫山水的作品（我已有專文析論）之外，孟浩然還有不少其他抒寫大自然及人在大自然中的情境的作品。試分四類加以析評。

一、寫樹木的

詩人對樹木，或視之為客觀的美景，或認同為有情之存在體，孟襄陽的詩所表現的，都是前者，接近謝靈運而不大像陶淵明。

天邊樹若薺，江畔洲如月。（秋登萬山寄張五）

這兩句狀物新巧，在小、大的變奏之中，使樹木獲得美好的烘托。

北林積修樹，南池生別島。（襄陽公宅飲）

可說與上兩句無獨有偶，不過一用比，一用賦罷了。

松和竹也是浩然樂於吟詠的，猶如淵明：

「竹露閑夜滴，松風清晝吹。」（幽坐呈山南諸隱）

真是字字相對，風露、晝夜自不必說，一清一閑，一吹一滴，更使人如入其境，如聞其聲了。但他描寫的主體却是竹上之露、松間之風。這可說是一種特寫鏡頭。

竹柏禪庭古。（臘月八日於剡縣石丞寺禮拜）

荷風送香氣，竹露滴清響。（夏日南亭懷辛大）

水竹數家連。

（冬至後過吳張二子檀溪別業）

竹遶渭川遍。

（登總持寺浮屠）

以柏、以椅配竹，而以「古」、「清」等字直接、間接的形容竹姿竹意；後二句寫竹林、竹群的茂密有致，尤具親切感，竹邊人呼之欲出。簡直就是一幅幅簡淨明快的水墨畫。此際作者的心境，亦是一片空明，內外澄澈，與「坐觀垂釣者，徒有羨魚情。」時判若兩人，近於王維晚年「坐看雲起時」的心情，但又比後者的「看竹到貧家」超然些。

其他樹木，亦時有抒寫，其中以無我之境為多：

庭槐寒影疎。

（秋宵月下有懷）

園中有早梅，年例犯寒開，少婦爭攀折……

（早梅）

綠岸毵毵楊柳垂。

（高陽池送朱二）

中間一則雖有「少婦」出現，也似與景物打成一片。至於像「目極楓樹林」（宿楊子津），亦介乎有我、無我之間，目之所極，但見一片楓林，是已近於忘我之境了。

「始慰蟬鳴柳，俄看雪間梅。」（荊門上張丞相）寫時序之易遷，活潑而復凝重，自是有我，但有我之外，更展示世間的真理，「帶雪梅初暖，含煙柳尚青。」（陪姚使君題惠上人房）則寫寒冬易春的景象。這兩首詩中都是柳、梅並舉，一馨一逸，輝映成趣，但作用大不相同——且後者是梅柳爭春的光景。有趣的是：除了詠梅以外，孟浩然很少寫花，不像王維左一手「落花」，右一個「桃李」，還有專詠牡丹、梨花、山茱萸的作品。

此外，則是以樹木醞釀境趣，或提供背景：

野曠天低樹。（宿建德江）

木落雁南度。（早寒江上有懷）

落日池上酌，清風松下來。（裴司士見訪）

「低」、「酌」二字尤具神采，似乎是有心經營而得，卻又不失自然風致。說破了只是「天」、「落日」的擬人想像，但它們構造成的絕不是硬句死句。首則又可看出孟浩然擅長處理事物的三角關係（野→天→樹）。「落日」句下，又配「清風松下來」五字，乃成完璧。「木落」一句，則有漢魏風味。若以「意銳才弱」貶之，襄陽固可不受。

用典工密而有所託興者，亦自佳構：

茂林予偃息，喬木爾飛翻。

（送張子容赴舉）

一用庾信《小園賦》中句自喻，一取小雅伐木典，謂子容應科舉，正如鶯之求遷，雅而中肯。不過在此類題材的作品中，已是例外。

另有《庭橘》一首，由橘林寫到橘果，井然有序：

明發覽群物，萬木何陰森。
凝霜漸漸水，庭橘似懸金。……
擎來玉盤裏，全勝在幽林。

可謂步屈原「橘頌」的後塵。在此「懸金」的意象鮮麗而不覺其傖俗。其中「並生憐共蒂，相示感同心。」二句，或為有感而發，但主體仍在白描。浩然寫樹而不寫林，也跟王維不同，也許由此可以窺二人氣魄的大小。

二、寫日月光景

日月最尋常，但高手自可寫得多姿多彩。如孟浩然寫落日：「窈窕夕陽佳，豐茸春色好。」（襄陽公宅飲）「高標迴落日，平楚壓芳煙。」（從張丞相遊記南城獵）便是兩種氣象——一柔和，一壯闊。「沙頭日落沙磧長，金沙耀耀動飆光。」（鸚鵡洲送王九遊江右）尤覺耀人眼目，生氣虎虎，雖一再重複「沙」字，亦絲毫不覺萎弱。「長」字看似平易，其實充滿真切如畫之感。此二句可與王維的「大漠孤烟直，長河落日圓。」比美。

寫月色：如「秋空明月懸，光彩露霑濕。」（秋霄月下有懷）中的後五字便極具新鮮的美感，是視覺與觸覺的交流。「瞑還歸騎下，蘿月在深溪。」（登望楚山最高頂）又是另一種情趣，恍恍惚惚地，與前一句「武陵花處迷」正成自然的映襯。「鹿門日照開煙樹。」（夜歸鹿門歌）則妙在「開」字的動感，與前引的「平楚壓芳煙」的「壓」，情味不同而運思方式則同。

三、寫城市與鄉野

關於城市的詩，《孟襄陽集》中的數量很少，茲舉《長安早春》一首為代表：

關戍惟東漢，城池起北辰。
咸歌太平日，共樂建寅春。
雪盡春山樹，冰開黑水濱。
草迎金埒馬，花伴玉樓人。
鴻漸看無數，鶯歌聽欲頻。
何當桂枝擢，歸及柳條新。

可見即使寫長安這樣當時首屈一指的大城市，作者仍然著重在大自然景色的抒寫，其中不過綴入「金埒馬」、「玉樓人」二語，以見其都會特色而已。「城池起北辰」，以北極星與人間景象結合，也很夠氣派。一說此詩係浩然友張子容的作品，誤入孟集中者。如其可信，則浩然幾乎沒有為城市留下什麼寫照了，因為他主要是一位山林隱者啊。像《上巳日落中寄王九迥》中的「鬥雞寒食下，走馬射堂前。」《大堤行寄萬七》的「車馬相馳突」、「王孫挾珠彈，游女矜羅襪。」勉強可以算是這一類，但二者也只是寫城郊的人的活動。王維詩中稍多，但也有限。

至於寫鄉野的作品，那便不勝枚舉了。《田家作》是描寫與抒情兼重的一首：

弊廬隔塵喧，惟先養恬素。
卜鄰勞三逕，植果盈千樹。
粵余任推遷，三十猶未遇。
書枕時將晚，丘園日空暮。
晨興自多懷，晝坐常寡悟。
沖天羨鴻鵠，爭食羞雞鶩。
望斷金馬門，勞歌採樵路。
……

後四句全是感懷身世的，在此不一一引出。這首詩在寫景方面並不突出，但可以看出作品很注意田家人的感受和心境，甚至把大自然的景色完全當成背景了。「沖天」「爭食」二句的句法是初唐人極少用的，它們的主語都是前頭曾露面的「余」。

又《南陽北阻雪》一詩，也是無獨有偶，到了末四句便大談身世抱負，但前半首卻頗見寫景入興的意趣：

我行滯宛許，日夕望京豫。
曠野莽茫茫，鄉山在何處？
孤煙村際起，歸鷹天邊去。
積雪覆平皐，饑鷹捉寒兔。

其中後四句煞有王摩詰的風味。同類作品有《赴京途中遇雪》：「窮陰連晦朔，積雪滿山川。落雁迷沙渚，饑烏噪野田。」

《行至漢川作》也頗見工力：「異縣非吾土，連山盡綠篁。平田出郭少，嵐解晝初陽。征馬疲登頓，歸帆愛渺茫。坐欣沿溜下，信宿見維桑。」簡直像一幅緻密的工筆畫，而「歸帆愛渺茫」之「愛」字，亦可謂妙手偶得，此又畫家之所不能造。

《大堤行寄萬七》一詩，由「車馬相馳突」寫起，「歲歲春草生，踏青二三月。」句法新而輕盈；「王孫挾珠彈，游女矜羅襪」則為變調的鄉野風光（謂之郊區亦可）。以「攜手今莫同，江花為誰發？」作結，則是有意給人一些回味，或一種遐想了。

四、情隨景生

人處身在大自然中，難免受大自然景物的影響，雖然不致到「象憂亦憂，象喜亦喜」的地步，卻也是誰也不能抹煞的一種實情。詩人的心靈尤為敏銳，《文心雕龍・神思篇》說：「登山則情滿於山，觀海則意溢於海。」確是知音之語。

孟浩然也屢次在詩中表現情隨景生的意境。

相望始登高，心隨鷹飛滅。
愁因薄暮起，興是清秋發。
（秋登萬山寄張五）

你看雁飛不見蹤跡，人心便也寂滅了；暮色漸合，詩人的愁緒亦湧上來；秋日天高氣爽，便興致勃勃。可說其精神完全是受制於自然現象了。

「南望鹿門山，歸來恨相失。」（登江中孤嶼贈白雲先生王迥）乍看「恨相失」是歸來以後的心境，但試問若無「南望鹿門山」的過程，是否會有如此情味呢？

《歸至郢中作》亦把同一道理透現得很清楚：「愁隨江路盡，喜入郢門多。」這當然不僅是超然的自然景色使然，也含有一份歸返喬木故里的渴求在內。

又他所謂的「山水思彌清」（和張明府登鹿門山）不也正是前引《文心雕龍・神思篇》二語的引申嗎？山水之於人的思慮（或情思），和風之於草、雨之於虹（「草得風先動，虹因雨後成。」），恰好合乎同一自然的律則。

談孟郊的不遇

唐代的苦吟詩人孟郊（西元七五一～八一四年），一生仕途坎坷，他的一再落第，《舊唐書》、《新唐書》的本傳中卻並沒有清楚的交代，他的家住在南方，離長安相當遠，每次下第，就懊喪地南歸，甚至拱奉著母親到嵩山去隱居，經歷了幾次名落孫山以後，也便無心再赴試了，到了四十五歲那年，母親命令孟郊再去應試，才算登第，但是後來在官場上依然不很得意，正如韓愈復志詩中說的，「誠輱軻而艱難。」

關於這方面的境遇，孟郊自己的詩裏涉及它的地方很多：

「慈親誠志就，賤子歸情急，擢第寫靈臺，牽衣出皇邑。」（上座主呂侍郎）是寫照他登第之後急急歸去告慰母親的情景，「牽衣」二字，含蘊多少情思和孝意！

而「邂逅失途成不調」（傷時），「我欲橫天無羽翰」（出門行），「露才一見讒，潛志早已深」（秋夕貧居述懷）等，都足以舒寫出他心中不得志的塊壘。「潛志」是說隱居的意念。

「到此悔讀書，朝朝近浮名」，（遊終南山）又是另一種心境——由挫折而後悔，由後悔而省悟。而《北郭貧居》則直抒其「失意」的生涯：

進乏廣莫力，退為蒙籠居。
三年失意歸，四向相識疏。
地僻草木壯，荒條扶我廬。
夜貧燈燭絕，明月照吾書。
欲識清靜操，秋蟬飲清虛。

大自然的慰慰和支持，抵銷了人世間的孤寂：「壯」、「扶」、「照」都足以點明這一有力的主題，末了雖以「清靜操」自慰自勉，仍不免在「飲清虛」一語中透出他的人生虛幻之感。但所謂「致之未有力，力在君子聽，」（生生亭），則可看出他用世的企望並未完全消逝，他描寫隱居的生活，質樸中自見工切。如「地僻」以下四句，古今同類詩作中，幾乎難覓其匹。而以蟬的清高自喻，也上承駱賓王《在獄詠蟬》，下啟李商隱《蟬》，儼然形成一種可貴的傳統。

他是一個有抱負的詩人：「我願中國春，化從異方生。」（贈黔府王中丞楚）何等壯志！

所以他的憂患，不止「貧士在重坎，食梅有酸腸」（上達奚舍人），更在於「暗室晚未及」（同上）。到頭來也只有跟好友以「志士多飢羸，願君保此節」（贈韓中郎愈）互勉了。

一再下第的另外一種反應，便是對富貴的鄙薄以及對高人的仰慕，這是二而一、一而二的，他說忘年好友賈島「補綴雜霞衣，笑傲諸貴門。」（戲贈無本）（賈島比他小三十七歲）便是傾吐一片塞胸溢腸的「相思」，而且他的冷雋的幽默感也悄悄在此中流露出來了。對張籍則說：

古人貴從晦……保全歸懵懵。

其實，他自己又何嘗完全做得到呢？

詩人的矛盾往往是層出不窮的。孟郊真的十分自甘於「從晦」嗎？這倒也未必然，甚至在他詠花的詩作中，我們也可以窺見他胸中的另一番情思。

終當一使移花根，還比蒲桃天上植。
（和薔薇花歌）
何人是花侯？詩老強相呼。

（邀人賞薔薇）

他愛薔薇，而薔薇是富貴的象徵；它是「花侯」，也可以比美天上蒲桃；由此可見，他不只是一隻荒居飲露的蟬，內心自有一股生命的熱焰。

他的哭弔比干，無非是稷、契之志的反射，「分明碧沙底，寫出青天心。」（汝州南潭陪陸中丞公燕）也正可以充分比喻他的心境！

「勞收賈生淚，強起屈平身。」（羅氏花下奉招陳侍御）是在悲悽中強行樂觀；而「浮跡自聚散，壯心誰別離。願保金石志，無令有奪移。」（同年春燕）和「借月南樓中，千里愁併盡。」（夜集汝州郡齋聽陸僧辯彈琴）雖然是同時期作品，却比前者更能流露一個不得志者始終未衰歇的壯懷。

總之，孟郊是「詩窮而後工」（歐陽修語）的一個範例，看了他的生平和有關的詩篇，就可以知道：做一位真正的詩人和藝術家，往往要付出多少痛苦的代價！

由許渾的兩首詩談詩的結尾

唐末的名詩人許渾，字用晦，著有《丁卯集》，堪稱晚唐五大詩人之一（餘四人為李商隱、杜牧、溫庭筠、韋莊），韋莊《題許渾詩卷》中說：「江南才子許渾詩，字字清新句句奇。十斛明珠量不盡，惠休虛作碧雲詞。」（見《浣花集》卷三，頁十六）充份流露出惺惺相惜的情意。明、清兩代雖有不少批評者如楊慎等對許詩缺乏好感，我認為用晦的大部份作品畢竟還是耐讀的。

他有一首《南庭夜坐貽開元禪定二道者》：

暮暮焚香何處宿？西巖一室映疏藤。
光陰難駐跡如客，寒暑不驚心是僧。
高樹有風聞夜磬，遠山無月見秋鐙。
身閑境定日為樂，若問其餘非我能。

關於這首七律，金聖歎說得妙：「於大化中有此海，於此海中有此洲，於此洲中有此鄉，於此鄉中有此庭，人生於斯，哭斯，歌斯，略不動念耳。若復起心試問：只今坐處真是何處？未有不茫然若喪者也。……風月，境也，任從有無即靜；聞見，身也，不隨風月即閒。若問其餘非我能，殆於銀椀盛雪，不容纖塵矣。」（《聖歎選唐才子詩》卷之六上）但就詩論詩，不免有語盡意盡的遺憾，倘若最後兩句表現得更含蓄，當會格外令人低徊不已。這位「江南才子」，和唐代若干大詩人（如王維、孟浩然、孟郊等）一樣，平生也是近僧暱道，這首詩裏，「寒暑不驚心是僧」一句，可說是景情交融，內外互易，而主題宛然在目。

另一首「早發天台中嚴寺度關嶺次天姥岑」云：

……星河半落巖前寺，雲霧初開嶺上關。……

可知劉阮（按：劉晨、阮肇，入山成仙之人）逢人處，行盡深山又是山。

宛然是道人之言，而此詩的結語則高出前一首一籌：既欲追求長生或永恆之道，唯有一山又一山的行行復行行，盡而不盡，入之又入；比起貝克特的《等待果陀》來，它們之間有什麼不同？一趨一滯？一動一靜？還是同樣的不可得，不可得？

宋詩概論及賞析

宋詩一般在討論古典詩詞時經常和唐詩對論，現在首先來講宋詩的特色。我把宋詩歸納出十個特色。

一、比較重理性

我們把宋詩拿來和唐詩比，大致上宋詩重理性，唐詩重感性。所以一般講起來，宋詩比較從容不迫，而唐詩比較緊湊，比較熱烈。

二、常常以文為詩

以寫文章的句法、表達方式來寫詩。這一點其實在唐代的杜甫、韓愈都已經這樣做了，不過宋人受了他們的影響變本加厲，所以有時候你看到有的詩句根本是從文章裏來的。

三、詩裏面常常有議論

當然有的人反對宋詩，就拿詩裏面有議論當作一個重要理由。沒有人規定詩裡頭不可以有議論，問題是：議論怎麼表達？你用寫文章的方式表達，當然詩意缺乏；用直接了當的方式來說，當然不好。其實像我們剛才講的唐代的杜甫、韓愈的詩裏也都有議論，不過他們的表達方式比較高明，甚至像李商隱這樣感性的詩人，有時候也有議論，所以議論不是不可以，問題是怎麼表達。無論如何議論多是宋詩的一個特色。

四、作者對技巧較有自覺性

從六朝到唐朝雖然詩都寫得很精彩，但是沒有大規模的詩話或文學批評的著作，作者對於詩的技巧不一定自覺。不過我們同意詩的技巧的自覺是一個優點，相對地有時候也會矯枉過正，甚至於弄巧成拙。所以清朝有人批評：「宋人詩話出而詩亡」，「宋人不工詩，而詩話多。」；當然這是誇張的話，說詩話多詩就壞了。這當然不一定公平，但是無論如何多少有這種流弊。好處是詩話多了，大家對詩的技巧自覺了，壞處就是詩話多了以後，可能弄巧成拙，專門管技巧而詩的境界不一定高，詩的造詣也不一定很好。

五、比較平淡

這是宋代文化的一個特色。宋代文化在建築方面、衣著方面，甚至在繪畫等各方面都是重平淡的，所以重平淡的風格也直接影響到詩，而且批評家十個有九個都主張詩要平淡，平淡是最高境界。

六、比較細膩

相對地宋詩的氣象就沒有那麼闊大。唐詩的氣象比較闊大，宋詩的氣象比較細膩。比如唐詩的「黃河之水天上來」，這種境界宋詩比較少，偶然也有。而宋人的詩比方說陳與義的詩「蛛絲閃夕霽」就很能代表宋詩的風格。蛛網上閃爍著夕陽的光輝，這代表宋人微妙的觀察、細膩的風格，我們不能說唐人沒有，但是大致說來，這種細膩的風格跟唐人闊大的氣象是一個對照。

七、用很多佛家術語、典故、思想

宋詩中尤其喜用禪宗的思想、禪宗的術語，所以往往表現一種禪機。有時候不用佛家的術語也可以表現禪機，這個特點唐人已經有，但是宋人特別顯著。宋代的佛學比唐代還要普遍，文人自已不見得信佛，但是喜歡把自已叫做居士，像「東坡居士」就是一個證據。

八、大量使用典故

如果我們撇開藝術成就來講，宋詩跟唐詩裏面那個學問比較多？那一定是宋詩。當然詩裏面學問多不一定就是好詩，有時候學問多反而把詩作壞了，我現在只是分析這個現象；詩裏面的學問不消化就變成詩裏面的包袱，反而把藝術性破壞了。但是做學問對作詩還是有幫助的——典故若用得巧妙、用得恰到好處，則學問能增加詩的境界和光彩。

九、樂觀

這是日本的大學者吉川幸次郎在《宋詩概說》裏的一個見解，他說：「宋詩的人生觀是悲哀的揚棄。」悲哀的揚棄就是不要悲哀，當然悲哀的揚棄不是專門寫快樂，總而言之，相對於別的朝代來講，他認為宋詩有這個特色——悲哀的揚棄，儘量地少表達悲哀。我們曉得詩裏面完全不表達悲哀幾乎是不可能的，因為悲哀是人生一種相當深厚的境界，但是宋詩傾向於悲哀的揚棄，儘量不寫悲哀。當然任何一種文學上的說法，尤其是講一個朝代的，那麼長的時間，不可能是絕對的，只是大致有這個傾向。我可以簡單地說一個理由，雖然宋代是個弱朝，大部分時間偏安於一隅，但是宋朝大部分的時候是太平的日子，我現在舉個實例，陸游有一首初夏的詩，其中有兩句：「夾路桑麻行不盡，始知身是太平人。」宋朝大部分時候可以算是太平的，太平時代不容易感染悲哀情緒：因為戰亂少，至少是直接臨到自己身上的戰亂少；邊疆上當然有戰亂。

十、與實際生活關係密切

當然唐代詩也有很多實際生活的刻畫，但是相對而言，像唐代那種天馬行空的境界，宋詩裏面比較少，宋詩比較平實。

這十點有的是歸納別人的見解，有的是我自己的見解。

接下來講宋詩的流派，宋詩可以分十個流派：

一、西崑體

楊億、錢惟演等受李商隱詩的影響，喜歡用典，喜歡雕琢，是形式重於內容的詩體。

二、晚唐體

北宋初像林逋、寇準的詩就是晚唐體的代表。重白描，求深刻。

三、白居易體或白樂天體

學白居易的詩，王禹偁是代表。

四、唐體

主要學唐朝杜甫、韓愈的詩，以歐陽修、梅堯臣為代表，有時亦學孟郊等。

五、元祐體

元祐是宋哲宗的年號，主要是蘇東坡、王安石，有時候也把黃庭堅包括進去。

六、江西派

這是宋代最大的一派，以黃庭堅為領袖，後面還有陳師道、陳與義等等二十幾個詩人。

七、永嘉體

永嘉體又叫四靈體，主要是翁卷、趙師秀、徐璣、徐照四位作者，且以學賈島、姚合為主。

八、江湖派

江湖派以劉克莊為主，學晚唐五代，如韋莊之類。

九、理學體

理學體以北宋邵雍為首，像程顥、朱熹、陸九淵都是這一派的詩人，朱熹的詩寫得不錯，理學體最有代表性的就是朱熹。

十、俚語體

俚語體以楊萬里為代表，楊萬里詩裏頭通俗的話、口語都用進去，這是另外一種風格。宋代的詩人大概就包括在這十派裏面。

接下來介紹宋代的十大詩人，按出生次序來講是：梅堯臣（一〇〇二～一〇六〇）、歐陽修（一〇〇七～一〇七二，活了六十六歲，宋代三個主要詩人都活了六十六歲）、王安石（一〇二一～一〇八六）、蘇軾（一〇三七～一一〇一），（這裏要特別說明，一〇三七年是年初，蘇軾是景祐三年生的，在陰曆十二月十九日，景祐三年是一〇三六年，但是十二月十九日已經是一〇三七年陽曆元月八日了。所以陰曆和陽曆的算法就不同了！如果照西方的算法，他只有六十四歲，中國的算法是六十六歲。）黃庭堅（一〇四五～一一一〇）、陳師道（一〇五二～一一〇二），（他跟蘇軾同一年死，在徽宗太平靖國元年，但是他是在十二月二十九日死的，十二月二十九日已經是陽曆的下一年了，所以就變成一一〇二年。）陳與義（一〇九〇～一一三八，活了四十九歲）、陸游（一一二五～一二一〇）、范成大（一一二六～一一九三）、楊萬里（一一二七～一二〇六）。

在同一時代金朝還有一位大詩人元好問，但是金朝我們不算在裏面。

這十位詩人就重要性來講便不是這麼排的，我試著重排一下：這中間客觀的評價多於我主觀的愛好，當然也難免有一點主觀在裡面。

第一是蘇軾。說詩人的重要，他的量、質、影響力這三個因素要一起考慮。接下來是陸游、王安石、黃庭堅、陳師道、陳與義、楊萬里、歐陽修、范成大、梅堯臣。當然這不見得就是一到十名，譬如說黃庭堅、陳師道、陳與義、楊萬里這幾個也許並列第四，歐陽修、范成大也許並列第八，梅堯臣第十。

現在我先講一首王安石的詩。

王安石的詩風是很精緻的，不但用文字講究精緻，用典故也非常講究。譬如說他用典故，前一句用漢朝的典故，下一句也儘量用漢朝的典故，甚至於同樣都是《漢書》裏的典故，這種講究一方面是學問很到家，一方面是有很高的才華，一方面是肯下功夫，一般人做不到。不過話又說回來了，過分在這方面雕琢，有時候會過猶不及，會把作品渾成灑落的氣勢損害了，所以他早年、中年精緻講究雕琢的詩雖然很好，還是有人有微詞。到了晚年，一方面因為境界成熟，一方面因為他也經歷了很多人生波瀾，最後可以說人跟作品同時成熟，達到一種老成的境界，得著一種深婉不迫之趣，這是王安石最高的造詣。

現在舉一首很特別、很有趣的詩：

少年見青春，萬物皆嫵媚。
身雖不飲酒，樂與賓客醉。
一從鬢上白，百不見可喜。
心腸非故時，更覺日月駛。
聞歡已倦往，得飽還思睡。
春歸只如夢，不復悲憔悴。
寄言少年子，努力作春事。
亦勿怪衰翁，衰強自然異。

（少年見青春）

這首五古很自然，是晚年的作品，一看就知道，可以說合乎深婉不迫之趣而並不雕琢。

「少年見青春，萬物皆嫵媚。」其實少年本身就是擁有青春的，他看到春天的種種（青春在古人的詩裏也當春天講），在春天裏的一切都是美好的。嫵媚是美好的意思。這個地方表面只是見青春，而實際上是見到整個的世界。少年人見到整個世界，只看到世界充滿春色的一面，說不定在秋天、冬天，他也能在世界裏看出春天來。所以不要狹隘地解作只看見春天，實際上少年本身就代表青春，所以「萬物皆嫵媚」。

「身雖不飲酒，樂與賓客醉。」他雖然不喝酒，可是願意和客人們共醉。這話有二種解釋，一種解釋是他本來不大喝酒的，可是看到人家高興，願意跟人家同歡共樂。另外一種解釋是雖然不喝酒，可是心裏面還是陶醉於世上萬物的嫵媚。他不需要喝酒就像喝醉了酒一樣，這些賓客也許在喝酒，因為喝酒而醉，他不需要喝酒就醉了，為什麼呢？因為他的眼裏都是青春，眼裏萬物皆嫵媚，所以他雖然不喝酒，還是很高興地和別人一起陶醉。第二種解釋應該比較好。

「一從鬢上白，百不見可喜。」這是一轉，一轉轉回來。「一從」是自從的意思，自從兩邊鬢髮翻白的時候，「百不見可喜」，看任何東西都不覺得可喜。中年以後的人早年的歡樂慢慢消失，除非他有特別的修養，特別的胸襟，特別樂觀，特別有幽默感，否則本來眼前一片都是翠綠的，現在慢慢地都變了灰色的，都是沒意思的、蒼白的，所以「百不見可喜」。尤其一個人身體不太好的時候，更容易如此。

「心腸非故時，更覺日月駛。」心腸就是心胸，心胸跟以往完全不同，跟年輕的時候大不相同，更覺得光陰過得好快。老年人有的覺得光陰過得快，也有人覺得日子過得很慢，千萬不要把它看死了，因為押韻也有關係，這地方需要押韻。如果換一個說法：覺得日子過得慢，同樣可以反映老年人的心情。如果日子過得快，會覺得沒意思，人很奇怪，過得快的時候覺得時間一下就過去了，希望時間過得慢一點，如果你很享受生活的話，就希望日子慢點過去。反過來說也可能覺得好像快樂永遠享不完，一天二十四小時好像等於三十四小時；不快樂甚至悲傷的時候，有時候覺得日子好像過得很慢，我們講度日如年，可是照他這裏說：「心腸非故時，更覺日月駛。」卻覺得日子過得快，應該是指日子過得無聊。不過一般講起來，快樂的時候覺得日子過得快，不快樂的時候覺得日子過得慢，這是常態，這裏「更覺日月駛」有點特別，但是仍可以說得通。一天又一天地過日子很無聊，如果在這些無聊的日子中有一天快樂的日子，那一天就顯得特別長了。

「聞歡已倦往，得飽還思睡。」聽到歡樂的事情已經懶得去參與了，比方說有個酒會，有個同學會，有個好電影在放映，以往有興趣，今天就懶得去，好累哦！說不定看了也沒多好，年輕時候容易看了電影很感動，老年人說不定不感動，如果去看就白累一場，花了錢又累，也沒看到好的，很嘔氣。像舞會、酒會是年輕人搞的，我們老年人去幹嘛？「得飽還思睡」每天就吃吃睡睡，已經是退休的人了。老年人要真能睡也就罷了，白天吃完了就想睡，睡多了就麻煩了，晚上睡不著。老年人的睡眠往往很不正常，除非他身體特別好，保養有道，每天都維持正常，有些老一輩的吃飽了就待不住，就想睡，睡了就糟糕了，半夜就睡不著了。

「春歸只如夢，不復悲憔悴。」年輕的時候春天走了，心裏還有點難過，覺得春天為什麼這麼短！現在根本不在乎，春天走了就像一場夢醒了一樣，春夢了無痕，春天過去像一場夢，夏天也像夢，不過春天更像夢就是了。「不復悲憔悴」：也不悲傷萬物漸漸憔悴了，春天過了，花凋謝了，夏天過了，草木慢慢變黃了或者凋謝了，他也不悲傷，以往多愁善感，多愁善感其實也是一種人生的享受，假使多愁善感能到某一種程度為止，超過這種程度當然不太妙。愁感到某一種程度為止是一種人生的享受，所以說窮苦的人沒有悲觀的權利。真正的多愁善感也應該算是一種廣義的樂趣。

「寄言少年子。努力作春事。」因此他就轉過來說：「我告訴你們這些年輕人啊！你們趁著春天多努力。」作春事就是趁著年輕力壯的時候努力地做事、努力地工作、努力地求學。「亦勿怪衰翁。衰強自然異。」也不要怪我這個年老的老頭子這樣不爭氣、這樣消極，因為人生是有常理的，衰弱的人跟健康的人本來就是不同的。

這首詩看起來很容易，其實它的結構是標準的起承轉合。天下的詩有好幾種結構，一種就是起承轉合。起承轉合不一定就那麼規矩，像這首詩是相當規矩，但是規矩裏還是有它的技巧。有的詩只有起承轉沒有合，比如黃庭堅有一首《題落星寺》就沒有合，只有餘波。這還是屬於廣義的起承轉合。

有的詩轉跟合倒過來，合在前面，轉在後面；如果是律詩的話，也許合在第七句，轉在第八句。像黃庭堅有一首《過方城尋七叔祖舊題》，這首詩就是轉跟合倒過來。同時也未嘗不可以起在最後，合放在最前面，所以起承轉合的變化很多。

另外一種結構方式是輻輳式或輻射式。詩中每一句或每二、三句都可以表現主題的一部分，像太陽之輻射、輪之輻輳一樣，成為一個圓，四周圍包起來，包圍主題，合成主題，「起」從那裏算都可以；一個輪子你說從那裏開始？從這裏開始可以，從那裏開始也可以。這種詩當然比較少。

這首詩正好是標準的起承轉合式，起是「少年見青春，萬物皆嫵媚。」這是主題。承是

「身雖不飲酒，樂與賓客醉。」承接上面的意思，上面已經說完，但是說得還不夠，說得太簡單，所以承接把它發揮。然後轉了：「一從鬢上白，百不見可喜。」馬上一跳，跳到老年了。轉有時候是跳，有時候轉個大彎，這個地方其實二種都有。轉個大彎，本來年輕，現在年老；本來樂觀，現在悲觀；本來快樂，現在傷心等等。這也是跳，從年輕跳到老年，這中間幾十年就不說了。青春是二、三十歲，老年五、六十歲以上，中間就不說了，這個轉看起來很簡單，其實是又轉又跳。最後是結論——總結的話「寄言少年子」，告訴你們年輕人自己要努力，也不要怪我這個老頭，因為「衰強自然異」，這其實告訴他們兩點，第一：把握年輕時光，第二：你不要笑我這個老頭，因為自然就是這樣，自然安排這樣，將來等你變老，大概也像我這樣。這個合有二部分，可是仍算一個。有時候合只有一句話，最少的只有三個字，七絕或七律的最後七個字，可能上面四個字是轉，下面三個字是合，這是最緊湊的。

現在再看一首蘇軾的詩。這首詩是《遊金山寺》，它很能代表東坡的基本風格。我們知道蘇軾的風格是很廣闊的，你說他陽剛，他有陽剛的詩，陰柔婉約的詩也有，灑脫的詩很多，認真深厚的詩也有，像杜甫那種沉鬱的詩也有，不過比較少，因為他這個人比較灑脫，所以可以說什麼詩都有。當然這是他的優點，同時因為他學問大、才華大，什麼東西都可以放進去。清代的批評家沈德潛說東坡「胸有洪爐」，肚子裏面有一個大爐子，「金銀鉛錫皆歸熔鑄」，不管金銀銅鐵或是什麼東西，放進去那個爐子裏，馬上就熔化了，隨便破銅爛鐵放進去，他也可以把它鑄成合金，什麼東西都可以包容，什麼東西都可以寫，題材最豐富，風格最寬廣。

以題材和風格的多面性來比，當然唐朝有杜甫可以跟他比。宋朝勉強說是陸游，事實上陸游還是比不上他。到了清朝是有，清朝有的人詩不見得很好，但是他們的思想、學問很豐富、很特別，甚至多樣化，他們作品多的有上萬首的，幾萬首的人有好多個，清朝詩人題材和風格多樣的是有，可是整個詩的藝術成就還是不如蘇軾。

不過東坡也有他的缺點，東坡最大的缺點就是因為才太大，相對地顯得情似不足。一個人才大，不見得就沒有情感，但是他的情感往往就被蓋掉了，尤其是在詩裏面，在詞裏面好一點，在詩裏面情感被蓋掉了，甚至就顯得無情，所以後人就批評東坡「有才無情」（如袁枚），當然說他完全無情是不公平的，甚至有人很具體地說他的愛妾朝雲死了以後，他寫的悼詩都是味同嚼蠟的。我覺得講味同嚼蠟是過分了點，不過比起那些擅於寫抒情詩的人來說，的確是差一點。

另外一點同樣地是他的缺點，因為才大了，寫得又快，有時候往往控制不住，把話說得太清楚，說得太多，說得太直接。其實東坡絕對可以作得更好，但是有時候隨便揮灑就寫成一首，不能像王安石那樣精琢細磨。袁枚批評他批評得很厲害，說他近體詩「絕無味外之味，言外之意」，這批評太過分了，其實未必如此，但是他比較差的作品真是這樣，因為才太高，不去好好地醞釀琢磨，便變得沒有餘味，不耐人尋味。

說來說去因為他量多，好的詩還是很多，影響力又大，境界也高，所以還是應該算宋代第一。其實我自己也不是很喜歡東坡的詩，但是我完全從客觀的各種條件來衡量，他還是算第一。

我們講的這首《遊金山寺》是他的代表作。唐人豪闊的氣象，唐人天馬行空作風的題材在宋代比較少，但是東坡是個例外。你說他的詩受誰的影響？李白、杜甫、韓愈都有，還受過劉禹錫、白居易的影響，我想唐代的大家裏面，他真正沒有受什麼影響的大概是李商隱，其他人多少都有影響，這也是他成就高的原因。

金山寺在鎮江，就是《白蛇傳》裏面水淹金山寺那個地方，是非常大的一個寺。

我家江水初發源，宦遊直送江入海。
聞道潮頭一丈高，天寒尚有沙痕在。
中泠南畔石盤陀，古來出沒隨濤波。

始登絕頂望鄉國，江南江北青山多。
羈愁畏晚尋歸楫，山僧苦留看落日。
微風萬頃鞾紋細，斷霞半空魚尾赤。
是時江月初生魄，二更月落天深黑。
江心似有炬火明，飛焰照山棲烏驚。
悵然歸臥心莫識，非鬼非人竟何物？
江山如此不歸山，江神見怪驚我頑。
我謝江神豈得已，有田不歸如江水。

（遊金山寺）

東坡是四川人，所以他一開頭說：「我家江水初發源，宦遊直送江入海。」事實上長江發源在青海，不過差不多啦，四川這裏也是長江的上游，馬馬虎虎也算是。「宦遊直送江入海」：我歷年來作官在外面遊宦，一路從西到東把它送到海裏面。因為他是西邊的人，自然往東走，雖然京師在北邊，該說往東北走。

同樣的一個事實，別人可能不會這麼寫，要有這樣的胸襟，這樣的氣勢——不是我隨著江入海，是我送江入海，好像我跟江是平行的，是同等大的。

「聞道潮頭一丈高，天寒尚有沙痕在。」聽說長江到了金山寺附近，潮頭高的時候高到一丈，但是我到冬天的時候來看，却沒有看到那麼高的潮，只看到沙痕，潮落了以後留下來的沙痕。換句話說，我來到這裡的時候是天寒的時日，潮已經低了，只看到了沙痕。

「中泠南畔石盤陀，古來出沒隨濤波。」中泠是中泠泉，這個泉水在鎮江的金山寺旁，在鎮江縣的西北，南畔是南邊。中泠泉的南邊有一塊大石頭，盤陀是不平——很大的一塊不平的石頭。「古來出沒隨濤波」：這塊石頭從古以來就有，隨著波濤的升降，一會兒出現，一會兒淹沒。你看這二句把前兩句很微妙、很婉巧地補充了，上面二句說有時候潮起來高到一丈高，有時候天冷的時候潮低只看到沙痕，只看到潮過留下的沙痕。這二句說石頭也是這樣，石頭有時候看得到，有時候看不到，有時候潮高了淹沒了，有時候潮低了露又出來。

「始登絕頂望鄉國，江南江北青山多。」我就登到金山寺的山上，絕頂上去望鄉國，(鄉國就是家國，其實等於國土，)望著周圍的國土。「江南江北青山多」：從長江向北望再向南望，兩邊望看到一大片的青山，這是江南特別的風光，他用最簡單的話來代表：「青山多」。

「羈愁畏晚尋歸楫，山僧苦留看落日。」羈愁就是旅愁，因為他從四川跑到江南來。一個旅行在外面的遊子最怕天黑，從黃昏到天黑最容易有旅愁、最容易有鄉思，所以這時候就想著要尋回家的船。因為天黑了旅愁深就想尋歸楫，實際上是「旅人畏晚羈愁深」，你看四個字其實是七個字，旅人怕天黑了以後羈愁就會深，他把它簡化了：「羈愁畏晚尋歸楫」，所以詩裏面往往要注意它的倒裝句法，尤其近體詩中常常有的，因為本來十幾個字的話要壓成五個或七個字，就用倒裝簡化。

因為旅愁很深，所以要尋歸楫，想回家，不過這個念頭不一定付諸實現。「山僧苦留看落日」：這時候金山寺的和尚也許就是他的朋友，他很喜歡結交和尚朋友，這山僧就苦苦地留他說：「你別回去吧！你還可以再欣賞一下，落日下去還有晚景。」要他留下來看落日，意思就是要他留下來過夜。

「微風萬頃鞾紋細，斷霞半空魚尾赤。」鞾通靴。這二句是寫景。你看前面的句子「我家江水初發源，宦遊直送江入海」，這是說明，說明裏面有情有景，不過以情為主。「聞道潮頭一丈高，天寒尚有沙痕在。」二句都是寫景。「中泠南畔石盤陀，古來出沒隨濤波。」也是寫景，連上面二句，四句詩一氣呵成。然後「始登絕頂望鄉國，江南江北青山多。」表面是寫景，事實上上面一句已經有情在裏面，不過以景為主。再下面二句，前一句以情為主，下一句情景合一，因為「山僧苦留」是情，「看落日」是景。

十一、十二句純粹是寫景：「微風萬頃鞾紋細」，寺前的江水被風吹起的紋像靴紋那樣細，「如」字省略了，「微風萬頃」事實上是微風吹起了碧波萬頃，省略了好得多——微風吹動碧波萬頃有如轂紋之細。

下面「斷霞半空魚尾赤」，斷霞是晚霞，晚霞橫陳在半空中像魚尾那麼赤紅；有一種魚的尾巴特別紅。這個地方的「像」也省略掉了。

表面上看起來，「微風」對「斷霞」，「萬頃」對「半空」，其實在意思上真正對「斷霞」的不是「微風」，而是「碧波」，所以詩裏面的對仗應該常有這種變化，不要死對。像學王安石的寫法就難免變成死對，王安石是因為才高，所以他雖然過分講究還是對得好，有時候學王安石這派的人，只會努力湊對，但對出來的是死的。東坡這個地方看起來對得很好，但是「微風」跟「斷霞」並不是真的對，在意思上「斷霞」對的是「碧波」，而「碧波」沒有寫出來。就是「萬頃」跟「半空」也對得妙，他不對一，不對十，不對什麼整數，「半空」是若有若無的，「萬頃」是寫實的，「萬頃」本來是數字，但是這裏用來寫實，而「半空」是若有若無的，沒有一個很確定的意思。

「是時江月初生魄，二更月落天深黑。」魄是月未盛明的時候，月亮剛剛出來，還沒有很亮，若有若無的時候。「是時江月初生魄」：這時候江上的月亮剛剛出來。還不太亮！「二更月落天深黑」：二更的時候月亮已經落了，天空一片漆黑。你要注意他這個地方在時間上採取跳接的手法，「山僧苦留看日落。微風萬頃鞾紋細。斷霞半空魚尾赤」這些都是黃昏，正當有落日有晚霞的時候，然後突然跳到「江月初生魄」，這時候已經天黑了，天剛剛黑，黃昏是五、六點，這時候是七、八點，二更是九、十點，下面「江心似有炬火明」又晚一點，這是月落以後再過一會兒。

「江心似有炬火明，飛焰照山棲烏驚。」什麼叫江心似有炬火明？這就是俗稱的鬼火，在山林藪澤晦暗的晚上往往有一種火光出現，像人拿著蠟燭一樣，是青色的光，一般俗稱鬼火。他就是描寫這個，「飛焰照山棲烏驚」：好像一枝枝的火把照著山，於是在山上棲息的烏鴉為之驚飛。

「悵然歸臥心莫識，非鬼非人竟何物？」我看了這個炬火以後，心裏面很惆悵，就回去睡了，睡下了心裏面還老是在想到底是什麼東西，以前也許聽人家說過鬼火，但是沒看過，這回親眼看到了，他想：不是鬼又不是人，到底是什麼東西？一般人相信是鬼，蘇東坡不相信是鬼，但是顯然沒有人，沒有人在半空中做這事，今天我們也許懷疑是飛機或什麼，古時候沒有這些東西，真不知道是什麼！

下面卻把他的念頭、思想放寬了：「江山如此不歸山，江神見怪驚我頑。」你看這裏的江山這麼美好，我真的不願意歸故山了。這句正好跟「羈愁畏晚尋歸楫」做一個對比式的呼應。剛才是想回去，現在根本不想回去了，他到底是一個有胸襟的大丈夫啊！看到如此美的江山便「不歸山」了，這個山是故山，不歸山是不回故山，不想回故鄉了，看到眼前的江山如此地雄闊，如此地美好，實在不想回故鄉了。「江神見怪驚我頑」：江神見到我這個樣子，這是假設之詞，江神也看見那些鬼火——「江心炬火明」，他認為我應該馬上離開，結果我不但不離開，還不想回去，覺得這裏很值得依戀，所以「驚我頑」——很驚訝我這麼頑固，這麼頑強，人家看到鬼火，也許早就跑掉，我不但不跑掉，雖然心裏面有點懷疑：「非鬼非人竟何物」，但居然說「江山如此不歸山」，所以「江神見怪驚我頑」。

「我謝江神豈得已，有田不歸如江水。」我就向江神答謝說：「我那裏是有意要如此！」「有田不歸如江水」：每一個有情感的人都是想回鄉的，我家裏有田，如果我不想回去就像江水一樣。這又是很怪異的事。從表面上講「有田不歸如江水」，長江的水是向東流的，從我故鄉那裏發源一直流一直流到海永不回頭，我也像江水一樣走到東邊回不來了，不是我不想回去，老天安排我不能回去，命運安排如此。

「如江水」另一個解釋是用《左傳》的典故。《左傳》記載晉文公流浪在外的時候，帶了一批人，中間包括他的舅舅子犯（狐偃），那時重耳還年輕，所以有時候子犯要教訓他。有一次舅犯看到晉文公在外戀戀不捨，好像沒有什麼大志的樣子，就教訓他。後來回國之際，子犯就請辭退。晉文公對舅舅發誓說：「我如果有別的心思，不跟舅舅同心的話，有如白水（就像眼前這條江水一樣）。」這是什麼意思？這是古人發誓的一個習慣，有人指天發誓，也有人指水發誓，指著眼前的江水發誓。「有田不歸如江水」是說，如果我是故意不想回鄉的話，就像江水一樣，有去無回，不得好死。

這個地方很巧妙，如果不用典的話，從表面上來看「有田不歸如江水」，我是不得已啊！就像長江往東流無法回去一樣，所以我無法回家。但是如果算用典的話——「如江水」，正同「如白水」是發誓之詞——我若是故意不想回家，一點都沒有思鄉之念的話，我將如江水一樣，不得好下場。這很巧妙，正反兩個意思都在裏面，而這二意事實上是合一的，反正我也不是有意不想回家，乃是命運安排我一時不能回去，我不能夠為了兒女私情忘了我的事業，忘了我對國家社會的使命。

這首詩的氣勢非常蓬勃，非常豪放，同時中間有幾個轉。如果用起承轉合來分析這首詩，前面兩句是起。承是「聞道潮頭一丈高」到「古來出沒隨濤波」。轉是「始登絕頂望鄉國」到「江神見怪驚我頑」。最後「我謝江神豈得已，有田不歸如江水。」則是合。

在轉的部分裏又有一些曲折。「始登絕頂望鄉國」一直到「山僧苦留看落日」是一個段落，下面「是時江月初生魄，二更月落天深黑。」是一個段落，最後「江山如此不歸山，江神見怪驚我頑。」是一小段。換句話說，轉裏面還轉了三次，「始登絕頂望鄉國」一轉，「是時江月初生魄」一轉，「江山如此不歸山，江神見怪驚我頑。」又一轉。如果再分得細，則「是時江月初生魄」一個時間，「二更月落天深黑」一個時間，「江心似有炬火明」一個時間，「悵然歸臥心莫識」又晚一點，總共四個時間，在第二個轉裏面又有四個時間，這四個時間也未嘗不是小轉，第一次月亮剛剛出來，第二次月亮落了，第三次有炬火明，第四次他回去睡了。這首詩看起來不是很難懂，但是很複雜，在轉裏面有三個部分，第二部分又可以分四個小部分。

想寫這種半抒情半敘事的詩一定要把層次弄清楚，如果您自已寫古體詩，這首可以當個模範。

接下來講黃庭堅的詩《王充道送水仙花五十枝欣然會心為之作詠》，王充道是他的一個朋友。

凌波仙子生塵襪，水上輕盈步微月。
是誰招此斷腸魂，種作寒花寄愁絕？
含香體素欲傾城，山礬是弟梅是兄。

坐對真成被花惱，出門一笑大江橫。

「凌波仙子生塵襪」是由曹植《洛神賦》裏的「凌波微步，羅襪生塵。」變化而來的，「羅襪生塵」變成「生塵襪」，原來「羅襪生塵」是用來反襯「凌波微步」的高潔美妙。反襯洛神性情高潔，姿態風度美妙。襪子上生塵是一個小現象，用來反襯「凌波微步」的美妙。現在變成「生塵襪」當然差一點，所以用典故有時候會比原來晦澀，原來的意思也變得不顯，不過他這個地方總算還用得相當自然，雖然這三個字變了，「凌波仙子生塵襪」重點在水仙花像凌波仙子，像洛神，的確很像——水仙就長在田裏或水邊，很像「凌波仙子」。

「水上輕盈步微月」：彷彿微月之下，很輕盈地漫步於水上；這完全是倒裝，原來是「微月輕盈步水上」，凌波仙子在微月之下輕盈地漫步水上。水仙花不會走路，但是在月光下的確有這麼一種錯覺，好像一位凌波仙子在慢慢地散步一樣。

「是誰招此斷腸魂，種作寒花寄愁絕。」是那一個人把讓人斷腸的幽魂——把水仙花當做一個幽魂，美得讓人斷腸的幽魂，美得讓人心碎，美得讓人受不了——種植成花，以寄託人們絕大絕深的憂愁呢？寫到這裏，彷彿稍稍一頓，餘音繞樑；後面五、六兩句點染水仙的風姿形色，可說是由輕而重，又轉輕俏，末二句則力求擺脫，由看花而展示作者的人生境界。這首詩不但是寫照水仙的傑作，也是黃山谷的代表作之一。

評析《蘇東坡傳》

蘇軾不但是一位大詩人，也是一位有多方面成就的藝術家，且為一代英傑。林語堂先生一向宗奉天才和性靈清朗卓越的人物，東坡正是少數夠格供他賞愛不已的人物之一。他能為這位宋代詩人立傳，我們可以說：深慶得人。他用小說的筆法勾描東坡一生，綿綿不斷；寫得鮮活處，真讓人如聞東坡聲音，如見東坡姿顏。至於運用材料的技巧，及文字的流利，猶其餘事。

《蘇東坡傳》原是英文著作，由宋碧雲譯成中文，遠景出版。大體說來，譯文尚稱暢達，運用成語也大多恰當，可讀性頗高。但由於譯者對有關的知識未能一一具備，查書也查得不夠勤，所以犯了不少錯誤和疏忽，為了求完美，本文中指出一些，以供譯者及讀者參考。

頁四：「王明清和邵伯溫」，應作「邵伯溫和王明清」。這恐怕是林先生自己排的次序。大凡寫史書或正式的傳記，人物的時代先後不能掉以輕心，尤其不只是差三、五歲的兩個人，不應隨意排列。邵生於一〇五七年，卒於一一三四年，王為寧宗慶元年間（一一九五～一二〇〇）在朝做官的人，相去至少數十年。《宋詩記事》中邵在卷三十五，王在卷五十八，由此便可想見其時代的差距了。頁十：「論事肯卑於陸贄」句下應該用「？」號。同段有「廷」誤作「延」、「酌」誤為「斟」兩個錯字，或係校對之誤，順便提及。

頁十四：「士人畫」似宜譯為通用已久的「文人畫」，或加括弧注明：此即吾人常說的文人畫。下同。（按：東坡書簡中確有「士人畫」一詞。）

頁二十二：「中性人」宜作「中人」，因為「中人」指宦官，是專用名詞，不同於「中性人」為一普通名詞。

頁三十五：「前矛」為「前茅」之誤，或係手民之過，但一字之差，義亦殊別。

頁四十八：「後事」應為「後世」，難道是筆誤？

頁五十三：「搖藍」應為「搖籃」。

頁五十六：「一顆老樹」應作「一棵老樹」。「顆」只能用於人頭、果實等。

頁六十四：東坡父洵死，與弟轍扶柩回鄉，路上走了很久，作者說「也許是滿足他們旅行的願望吧」，這種臆測未免大膽，使人難以接受。

頁六十八：「摧他進京」首字應作「催」。「摧」只能用於「摧殘」、「摧毀」等詞。

頁六十九：「文彥伯」該是「文彥博」，後文也一錯再錯，顯然是譯者大意誤寫。

同頁「把他解雇」應作「解職」為妥。

頁七十六：「省際」應作「地方」，宋代根本還沒有「省」。

頁七十八：「大相勁庭」第三字應作「逕」。

頁八十：「幕兵」為「募兵」之誤，一字之失，差之千里。

頁八十二：「他只花了兩年完成『三經新義』，尤其是對學術的一大侮辱」，原作者用上「侮辱」一詞，太重了。其實「三經新義」中的《詩經新義》、《書經新義》根本是王安石的兒子王雱寫的，書中也沒有說明。

頁八十六：「妖相公」為「拗相公」之誤，這個錯很大，而且一而再、再而三。連書眉上的，至少有二十多次。

頁八十七：「重覆」為「重複」之誤。

頁八十八：「樸射」為「僕射」之誤。

頁九十三：「二十五的光陰」，漏排一「年」。

頁一〇二：「拍陳」為「指陳」之誤。

頁一〇五：「薪俸減小」末字為「少」之誤。

頁一〇六：「專任管仲而罷」，末字應作「霸」。

頁一〇六：謝景溫是王安石一黨的人確乎不錯，但恐不是什麼「隨從」，他官拜「侍御史」。

頁一一一：「惠卿」應作「呂惠卿」，此地省略不得也。

頁一一四：「特羅斯基」早有約定俗成的中譯名「托洛斯基」，如自擬譯名，宜加注原文。

頁一一七：「下額」為「下頷」之誤。

頁一一九：「道德衝力」應譯為「道德勇氣」。

頁一二一：「歐陽修的文號」末三字應作「的號」或「的別號」，因為「六一翁」並不是筆名。（宋人好像還沒有類似明清小說家的那種筆名，如「蘭陵笑笑生」等。）

頁一二四：「晴方好」是「晴偏好」之誤。沒有查書，憑記憶翻譯是很危險的。

頁一二七：「保家制度」為「保甲制度」之誤。

頁一三〇：「忌俗」仍應作「嫉俗」，甚至「疾俗」也可以。

頁一三三：「盧山」為「廬山」之誤。

頁一三六：「赤賦」，中間漏了「壁」字。

頁一四五：「在他……的外表中隱藏著不安、沮喪、悲哀，甚至恐懼的精神」，「的精神」

宜刪去，或作「之情」，「的情感」或「的情緒」。中文的「精神」運用幅度跟英文的「Spirit」略有出入。

頁一五一：「情緻」為「情致」之誤，「緻」只能作細緻解。

頁一五三：「把酒問青天?」中的「?」應改「：」。

頁一六一：「參寮」為「參寥」之誤，這位著名的詩僧的名字，書中也是一連錯了好多次。

頁一六二：「汴」為「汴」之誤，「蟹」為「蛩」之誤。

頁一六四：「江蘇湖泊區」應作「今浙江湖泊區」。「湖州」是現在的浙江省吳興縣一帶。

頁一六七：「朝庭」為「朝廷」之誤。

頁一六八：「楊州」為「揚州」之誤。

頁一六九：「烏臺是御史監獄的代稱」，應刪「監獄」二字，改加「臺」字——即作「御史臺」。

頁一六九末：「官報」應譯作「邸報」。

頁一七七：曹操沒做過皇帝，如何可稱「暴君」？宜刪去，或改作「獨裁者」、「權臣」等。

頁一八三：「然所得非苟知之亦允蹈之著」，「著」為「者」之誤，「知之」下應加「，」，否則句意不通暢。

頁一九八：「一粟」的「一」引漏了，「託」誤印為「記」。「乎水」為「夫水」之誤，「道者」應作「逝者」三行中錯了四處，是校對太馬虎了吧？

頁一九九：「興緻」應作「興致」。

頁二〇〇：「強懷明」是「張懷民」之誤。張懷民是一位雅潔的高士，也是東坡的好友。

頁二〇〇：「文體天成」應作「文章天成」，作「文格天成」亦可。

頁二〇一：「翔翔」應作「翶翔」。

頁二一八：「不屑」為「不肖」之誤。半字之差，謬以千里。

頁二二三：「陛蔭」為「庇蔭」之誤。

頁二二四：「必恭必敬」應作「畢恭畢敬」，「畢」者「全然」、「十分」也。

頁二二六：「叔孫道」為「叔孫通」之誤。

頁二二八：「邇夢」為「捕夢」之誤。

頁二三六：「非為」應是「非常」。

頁二四〇：「半響」為「半晌」之誤，二字音、義俱異。

頁二四二：「不再注重規則……」「注重」一詞宜再斟酌，這也許是林先生行文上的問題。

頁二四六：「爬到頂端的一定是庸才。」「一定」應改「多半」。請問：王安石是庸才嗎？韓琦、富弼是庸才嗎？這該是原著的疏忽。

頁二五三：「周禮王」為「周厲王」之誤。歷史上沒有一位「周禮王」。

頁二五八：「先輩」應作「前輩」。

頁二五九：「穀昌」為「穀倉」之誤。

頁二六二：「究出來」應為「挖出來」。

頁二六八：「誰肯稍助我者乎。」「者」應刪去，標點應改「？」。

頁二七三：「赧還」為「赦還」或「發還」之誤。「聖召」為「聖詔」之誤，下同。

頁二八〇：「傳聞太后謀反」後二字，應改作「陰謀」。

頁二八一：「一迸」應作「一併」。

頁二八一：「登基」為「親政」之誤。

頁二九二：「復何面目」下標點應改「！」或「？」，「誰懟」下應改為「？」。

頁二九七：末段引文有三處應改為問號。

頁二九九：「密酒」為「蜜酒」之誤。

頁三〇九：「景緻」應作「景致」。這是一個一般人常犯的別字。

頁三一五：「以牛易之」下衍一「黎」字。

頁三三二：「焚文」為「梵文」之誤。

我只是把自己讀本書時看到的問題記下來，出發點完全是自助助人。其中校對方面的錯誤，還省略掉了一些無關緊要的。

希望全國的翻譯家們都能更用心，更謹慎。尤其是文學書籍的翻譯家。《蘇東坡傳》是林語堂先生自己最滿意的著作之一，中譯本有如許多的瑕疵，實在是一件憾事！但願再版時能一一加以修訂，以嶄新面貌問世，則虔敬的讀者們大大有福了。

江西詩派與其影響

江西詩派是北宋到宋末元初的一個重要詩派，黃庭堅（一〇四五～一一〇五）是該派的領袖，此外還有陳師道（一〇五二～一一〇二）、潘大臨、謝逸、洪朋、洪芻、饒節、祖可、徐俯、林修、洪炎、汪革、李錞、韓駒、李彭、晁沖之、江端本、楊符、謝邁、夏倪、林敏功、潘大觀、王直方、善權、高荷、呂本中、曾幾、陳與義、方回等，南宋的名詩人陸游、楊萬里、范成大、姜夔等，也都曾受江西詩派的影響，但後來變化蟬蛻，別有所樹立。

在江西派的詩人中，大多數是江西人，但也有其他省籍的，如陳師道是江蘇人，韓駒是四川人（他根本不承認自己是江西詩派的一員），陳與義是河南人，而且他們的詩風也不完全一樣，如黃庭堅的詩是堅實生硬而刻意求奇，陳師道的詩以高古樸拙為主，陳與義的詩則高朗而細膩。

元代的方回可說是江西派的修正者和集大成者，他的文學理論是江西派諸公中最為豐富和細膩的，他曾把杜甫尊作江西派的「一祖」，黃庭堅、陳師道、陳與義則為江西派的「三宗」，正因為學杜是江西派詩人的共同趨向，而一黃二陳又是江西派中最有成就的三位詩人。

江西詩派的詩人們，除了效法杜甫外，大致還有以下幾個特色：一、追求一種特殊的詩的效果，寧可表面上比較樸拙，而不求傳統的工巧，二、不要在文字上過分雕琢，也就是反對華麗的辭藻，三、強調堅實的風骨，不喜軟綿綿的詩，四、力求高雅，避免傖俗，五、講究句法和「句中眼」（也就是在詩句中經營特殊的動詞、形容詞，以造成很鮮明突出的印象。）六、運用「奪胎換骨」法，自前人詩句中變化生新，以致有時不免被後人批評為「剽竊」。

江西詩派不但對整個宋朝具有籠罩性的影響力，就是元、明、清三代乃至民國初期，也有很多詩人受到他們的作品及文學觀的啟發及拘束。

在江西詩派的批評家裏，除了前述的黃庭堅、陳師道、呂本中和方回外，還有范溫（黃庭堅的學生）、徐俯（黃庭堅的外甥）、王立之（陳師道的朋友，著有《王直方詩話》）、曾季貍（韓駒、呂本中的學生，著有《艇齋詩話》）等。

范溫著有《潛溪詩眼》，簡稱《詩眼》，記載了不少黃庭堅的詩學見解，也發揮了一些自己的理論，頗受後人的重視，胡仔的《苕溪漁隱叢話》裏便引用了很多。譬如他討論詩中綺麗文詞的一段，便很具卓見：「世俗喜綺麗，知文者能輕之；後生好風花，老大即厭之。然文章當論當理與不當理耳。苟當於理，則綺麗風花，同入於妙；苟不當理，則一切皆為長語。上自齊、梁諸公，下至劉夢得（禹錫）、溫飛卿（庭筠）輩，往往以綺麗風花累其正氣。其過在於理不勝、而詞有餘也。老杜云：『綠垂風折筍，紅綻雨肥梅。』『岸花飛送客，檣燕語留人』亦極綺麗，其模寫景物，意自親切，所以妙絕古今。」如果能工切，能狀物如在目前，自然不嫌其綺麗，也不會煩膩了。這種說法對後人有很大的啟發性，但已是江西派的修正論。

禪與文學

最近十多年來，我看到許多知識分子及知識青年，喜歡在文章裏或口頭上談禪，不論他們所說的是「口頭禪」，乃至於「野狐禪」，總不免給予人們一種「頗有學問」的印象。

可是，禪到底是什麼？

這個問題，無異是當頭棒喝，使絕大多數的說話者大吃一驚，甚至因而啞口無言。

多少年來我一直在思考這個問題，也讀了不少有關禪的書籍，其中對我啟示最多的有南懷瑾先生、巴壺天先生、吳經熊先生、鈴木大拙，以及英國學者布列斯（R. H. Blyth）的著作。尤其後者的《禪與英國文學》一書（已有徐進夫先生的中譯本，幼獅公司版），更益我良多。現在就根據自己所讀所思，歸納禪的定義為三十項，並舉示若干文學作品，略作參證：

一、天人合一，物我合一：

王國維在《人間詞話》中所說的「無我之境」，便與此旨趣相同。譬如陶淵明的《飲酒詩》中的名句：「採菊東籬下，悠然見南山。」便是一例。又如王維絕句中的「空山不見人，但聞人語響。返景入深林，復照青苔上。」（鹿柴）「木末芙蓉花，山中發紅萼，澗戶寂無人，紛紛開且落。」（辛夷塢）都是物我合一之境。

二、忠恕的境界：

忠是如實地表現自我；恕是以自我之心待人待物，人我一如。試看柳宗元的《江雪》：「千山鳥飛絕，萬徑人蹤滅。孤舟蓑笠翁，獨釣寒江雪。」釣翁與千山、萬徑、孤舟、寒江、雪，均渾成一片，不分彼此，而作者亦恍惚與釣翁為一身、一體矣。而釣翁「獨釣」時，乃全神貫注，又復無所牽掛。此自是禪境。由此可見：儒、佛本非截然異途。

三、以神靈之眼觀察萬物：

詩人若能達到忘我之境，即能觀照萬物，入神出化。古今詩人藝術家能臻此境者，所在不鮮。如杜甫「詩盡人間興」、陸游「詩材滿路」、「詩思尋常有」、「造物有意娛詩人，供與詩材次第新。」是這一境界的明白示現。

四、齊生死、一榮辱、平得失、忘雅俗、融心物：

這是《莊子・齊物論》的境界，也是禪家的境界。我們大可不必又在其間辨其因果同異。陶淵明《飲酒詩》：「結廬在人境，而無車馬喧。」是忘靜噪之異；「此中有真意，欲辨已忘言。」則是齊得失、泯情意，進而可以忘智愚。韋應物《寄全椒山中道士》：「……落葉滿空山，何處尋行跡？」亦是此種化境。

五、一種絕對的唯心主義：

不論浪漫主義、象徵主義，或現代主義的文學作品中，都有類似的體認和表現。

六、以純潔之心眼靜觀世界：

如「笑問客從何處來」（賀知章《回鄉偶書》）的意境，便是出自純潔無垢的心眼。

七、童心與世故的高度冥合：

童心與世故之間，其實只是一塵之隔。《世說新語・言語》記桓溫語「木猶如此，人何以堪。」乃二者之結合。東坡的《初別子由》、《定惠院寓居》等皆是此類。辛棄疾更時有此心：「乃翁依舊管些兒：管竹管山管水。」（西江月）「我見青山多嫵媚，料青山見我應如是。」「不恨古人吾不見，恨古人不見吾狂耳。」（賀新郎）又如杜甫《北征詩》，多少世故艱險中，仍見稚子兒童的天真乃是另一格。

八、日常生活中的詩心詩意：

所謂黃花翠竹，莫非般若是也。

九、當下領悟之真理或真相：

李群玉法性等六祖戒壇云：「天香開茉莉，梵樹落菩提。警俗生真性，青蓮出汙泥。」由此而悟「衣鉢在曹溪。」固然可貴。孟浩然：「夜來風雨聲，花落知多少」（春曉）十字之中，亦自有當下之覺悟。

十、「葉異而根一」的具象表現：

許渾《發靈溪館詩》：「應有曹溪路，千巖萬壑中。」便是此旨。

十一、直接而無可誤解的生命呈現：

陶潛之「落英繽紛」（桃花源記）固是，杜甫之「落日照大旗，馬鳴風蕭蕭。」（後出塞）、「天邊長作客，老去一霑巾。」（江月）更是，固不論是物是人，是日是月。

十二、不假思慮之自得：

陸游詩：「柏密幽鳥哢」（謁漢昭烈惠陵及諸葛公祠亭）」對景即寫，「睡起匆匆日易斜。」（雨中遣懷）亦為不假思考辨析之境。

十三、圓滿無缺之感受：

如王維《漢江臨汎》：「江流天地外，山色有無中。」《過香積寺》：「古木無人徑，深山何處鐘。」

十四、多義性的詩意：

詩有多義，人生亦然，此即禪之一義，悟此即為了事之人。如陳簡齋詩：「意定覺景多。」最得其妙蘊。

十五、美即是真（借用英國浪漫主義大詩人濟慈的名言）：

柳宗元《漁翁詩》：「煙銷日出不見人，欸乃一聲山水綠。」真乃人間美景，而此中自有不可移易之真理與真實。

十六、一無所有——一切皆有：

借用日本詩人素堂俳句中語。甚至法國文豪卡繆代表作《異鄉人》中主角莫魯蘇在死刑獄中最後的心境，亦可以此作詮。

十七、各種感官、感受之交流：

如視、聽、嗅、觸、味覺，不勝枚舉，可參看拙著《文學概論》（五南公司版）中《文學與感覺》一章。

十八、動靜合一：

「禪那」之原義為靜慮或定心，其實乃指動中有靜，靜中有動。如前舉王維《鹿柴》，又如陳簡齋詩：「臥看滿天雲不動，不知雲與我俱東。」

十九、化有限為無限：

如孟郊送道士：「一日人間遊，六合人皆逢。」

二十、淡化、淡忘、坐忘：

如王維《竹里館》：「獨坐幽篁裏，彈琴復長嘯。深林人不知，明月來相照。」

二十一、情慾之超脫，徹底的靈視（vision）：

如王維《華子岡》：「飛鳥去不窮，連山復秋色。上下華子岡，惆悵情何極。」可視作作者超脫過程之微妙寫照。

二十二、詩與宗教境界的合一：

如王維人譽之為「詩佛」，晚年可謂當之無愧。但此境正不必限於佛教。

二十三、實事求是而一無沾滯：

孟浩然《過故人莊》云：「開軒面場圃，把酒話桑麻。」是實事求是，末二句「待到重陽日，還來就菊花。」則可謂寫出無沾滯之心臆。柳宗元的《漁翁》：「漁翁夜傍西巖宿，曉汲清湘燃楚竹」，乃能見「岩上無心雲相逐」，亦是。陶潛的《桃花源記》也可說是這種境界。

二十四、對年齡、身分、國籍、性別等外在因素的徹底超越：

如王勃《送杜少府之任蜀州》：「海內存知己，天涯若比鄰。」宋之問《新年作》：「嶺猿同旦暮，江柳共風煙。」則更是一片民胞物與之心。

二十五、小我即大我，我心即宇宙：

明代王陽明的心學，即倡明此一旨趣，而陽明哲學，實已受禪學影響，此事前人辨之已多：陽明亦詩人，錢賓四先生作《理學六家詩鈔》，其中之一即《陽明詩鈔》(見中華書局版)，收詩一百多首，多契此旨。如「俛仰天地間，觸目俱浩浩。」（讀易）「險夷原不滯胸中，何異浮雲過太空。」（泛海）、「坐中便是天台路，不用漁郎更問津。」（別方叔賢）「小亭閒可坐，不必問誰家。」（山中示諸生）又如：「天聽寂無音，……非高亦非遠，都只在人心。」（邵雍《恍惚吟》）

二十六、以平常心悟大道：

唐彥謙《答樊登見寄》：「新辭剪秋水，洗我胸中塵。……醉來拔劍歌，字字皆陽春。」

王陽明《香山次韻》：「尋山到山寺，得意卻忘山。」

二十七、不絕的靈視加上日常生活：

青菜豆腐，皆有妙用。《碧巖錄・第六則》云：「日日是好日。」意即指此。

二十八、一種平實有致的泛愛觀：

如邵雍：「鶯花春乍暖，風月雨初晴。靜坐澄思慮，閑吟樂性情。」（獨坐吟）又《堯夫吟》歷詠山川、江河、芝蘭、簫韶、花、雪、風、月，亦契合此一旨趣。

二十九、一種文學意境：

宋人嚴羽等以禪喻詩，其實禪本是詩。禪家主倡「言語道斷」，邵雍《冬至吟》：「此際易得意，其間難下辭。」知道難下辭而猶吟詩作文，便可說是我心之「遊戲」，但若能得其中三昧，也就把握了生命的超脫境界。如此說來，詩亦即禪。

三十、事事鬆緊得宜，恰到好處：

邵雍說得好：「物理窺開後，人情照破時。能將一個字，善解百年迷。……情中明事體，理外見天機。」（窺開吟）朱熹次卜掌書落成白鹿佳句：「深源定自閑中得，妙用元從樂處生。」陳白沙題梁先生藝閣：「聖人與天本無作，六經之言天注腳。……讀書不為章句縛，千卷萬卷皆糟粕。野鳥晝啼山花落，舍西先生睡方著。」皆描述此一境界。

總之，三十義看似各別，其實一以貫之。

最後，我要說出一個小小的心得：詩中半是禪。尤其中國古典詩更是如此。會心人自知。王陽明說得好：「始信心非明鏡台，須知明鏡亦塵埃。」（書汪進之太極巖）其實即使塵埃中亦有詩，亦有禪。

中土如此，域外亦然。日本俳句詩人如松尾芭蕉、小林一茶，美國詩人如史耐德等，德國小說家赫塞等，均是禪境的擁抱者和詮釋者。

小談《石點頭》

明代天然癡叟的《石點頭》，是一部短篇小說名著，其中共有十四卷，也就是十四則短篇，前六卷各以七字句為題，後面的八卷則為八字題目，內容大致都是家庭倫常和男女的題材。茲以第四卷《瞿鳳奴情愆死蓋》一篇為例，我們可以看出它和《拍案驚奇》有若干相似之處。

瞿濱吾遺孀方氏，因不耐守寡枯寂，勾搭上富家浮華少年孫三郎，後來恐怕自己年老色衰，竟慫恿十五歲的女兒鳳奴嫁給他，以便拴住郎心，她厚顏地對女兒說：「我只當當做個老丫頭，情愿以大作小，服事你終身。拾些殘頭落腳，量不占住你正扇差徭。」女兒居然也半推半就。從此以後三人打成一片。不料瞿家族人為了產業，告到官府，因孫、瞿聯姻並未明媒正娶，遂判決析產分手。鳳奴在臨別之前對孫郎信誓旦旦，但已迫嫁於張監生為妾，恐不能再聚。孫郎一時情急，竟割下陽物為酬，一時三人痛哭成一團。鳳奴嫁後，不讓張生近身，丫頭春來反得主人愛幸，成了偏室。後來孫郎因傷病死，鳳奴也回娘家，聞訊自縊歸天。火化之際，「盡已焚過，單剩胸前一塊未消，結成三四寸長一個男子，面貌、衣折，渾似孫三模樣。認他是石，卻又打不碎；認他是金，卻又燒不烊。」孫三胸前也有一個鳳奴形像。有人把二像收起放在一起，「忽然狂風一陣，卷入門來。只見兩個形像，霎時化成血水。」這篇小說初起時入情入理，只有方氏勸說鳳奴一節失之太輕易。後半孫、鳳二人用情益深，孫郎部分亦稍悖常情，但末了卻以傳奇方式結束，頗有餘聲繞樑之效。人物方面，方氏、春來、鳳奴都相當鮮明有力，孫三郎似變化太快——由一花粉少年變成癡情郎，但結構相當綿密，前後照應頗佳，唯心理刻畫則有局部欠缺之處。

它和《拍案驚奇》最相似的地方有三：

一、篇首有一小楔子，描述人心的不同，人眼的靈明，心與眼是本篇小說的兩大關鍵——好色在眼，癡迷在心。

二、有些地方頗為色情，但比《拍案驚奇》略略含蓄一二分。如「這被裏情趣，從眼淚中生出熱鬧來，擒之不著，思之有味。」「天地間那得有這碗閒飯，養著這不癡不呆，不老不少，不真不假，不長不短的閒漢子。」（下接「幾個兒童說：『看狗起，看狗起。』」真正既含蓄又發越。）「忙將手去掩上大門，一霎時弄出許多狂蕩來，狂與一番。」「兩情難捨，恨不得並作一個。」「只是芳心乍吐，經不得雨驟風狂，甚覺逡巡畏縮，苦樂相兼。」

三、情節有曲折而出人意表處：如孫三郎之自割，春來之一觸成春，鳳奴之一勸而嫁，尤其末了男女主角都落得火化的下場，胸前又各有如此的形像留下，都是作者巧妙的安排。他如《郭挺之榜前認子》一篇，曲折更甚於此篇。

不一味縱慾是本篇的特色。色即是空：空中有情，空復不空。

全書頗有新寫實主義的特質，包括勵忠孝、戒貪酷（例如《貪婪漢六院賣風流》），主題都很明確。是又近於「三言」了。

文學語言的演變

——以明人話本為例

每一個國家民族的語言都是不斷地演進變化的，中國自然也不例外。由明代到現代，其間已隔四、五個世紀，因此許多語言已大相逕庭，投射在文學作品——尤其是運用當代通俗語言的話本——中，更是一目了然。

茲就明人話本之代表作——三言二拍，對其中所用語言與今日通用語言之差異，作一概括性的比較：

一、措詞不同：其中名詞、動詞最多，如「王八」在三言中均作「忘八」——原意是忘記了八德中的最後一德——「恥」，意即無恥，倒是此詞的「原型」。又如「紮縛」，今日已少用，而改作「綑綁」了。「一交」實為今語之「一跤」，「交」字亦可視作簡體字。「許允」今作「答應」。「哭起天來」今作「呼天搶地」或「哭著直叫老天」。「數合當然」即「命中註定」。

「當下」今作「當時、立刻」。「甚麼」今仍偶見，但一般均作「什麼」。「打換」即今「變換」，有時只說一個「換」字。「把與」是「拿給」的意思。「無干」即今語「沒關係」。「胡亂」即今「隨便」、「隨意」。「叵耐」今語作「怎奈」、甚至作「可惡」。「閃來」即今語「偷偷地來」。

二、語尾詞不同：如「哩」字今多作「呢」，「麼」今多作「嗎」，「怎地」今多作「怎麼」或「怎的」。「就來也」今作「這就來啦」。還有同時代的長篇小說《金瓶梅》中有「耶嚛，耶嚛」的用法，正相當於今語中的「哎喲，啊呀」。

三、發語詞不同：這在明代文學中跟現代語不同者較少。如「恁樣」、「恁般」，即今語「如此」、「這般」、「這樣」、「這種」。「乃」今作「就」、「便」。「且說」是「先說」或「現在來說」的意思。「且」是「暫且」、「暫時」、「先（做）」之意。「望後一躲」即「往（向）後一躲」：「往」、「望」音近，可算作假借字。「一般」猶今語「一向」。「敢情」即「照我想來」。

四、用古字或俗字。如「見成」即「現成」，「見」是古人用字，讀音亦與「現」相同。又如「闞」即「嫖」之古字。

五、用單字詞表意：如「虧主人」，今語多說「幸虧主人」，或「虧得主人」、「全靠主人」。「他倘……」今語作「如果他……」或「假使他……」。不過偶然也有明人用語反而贅煩的，如「只做得生活」，今天的白話只要說「只管做工（或做事）」便可。又：「轉覺」今語作「反而覺得」。

六、以虛字（助詞或轉折詞）或其他動詞代動詞：如「如疾風驟雨而來」，「而來」今語應作「般地趕來」。「盃來盞去」則是以「來去」代「喝來喝去」：「一盃盃一盞盞地喝來喝去」。「分明」應作「明明是」、「顯然是」，二者之間，不但有措詞的差異，前者還省略了動詞「是」。

七、省略語：如「私房」實為「私房錢」的省略，今人已不省略。「寬坐」是「寬心（隨便）坐」的省略。「從無一面」為「從無一面之緣」或「從沒見過一面」的省略語。

八、多用一二助字：如「殺（或哭）將起來」今語少一「將」字：「殺（或哭）起來」。「只因這一文錢上」，今語「因」作「為了」，但沒有用「上」字的必要。「大尹看時」，今語作「大尹一看」，多「一」字而減「時」字。「其中乞丐的依然不少」比今語多用了一個「的」字。

九、語順略有不同：如「力又使得猛」今語多作「又用了很大的力氣」。「我倒反喫他虧」今語作「我倒反而吃虧了」或「他倒使我吃虧了」。「再作道理」今語作「別的（其他的）再說吧。」「倒也落過半世快活」今語作「倒也落得快活半輩子。」

十、特殊用語或通俗用語：如「擺做一檯」，今人已作「擺成一檯」或「擺滿一檯」。「焉有此理」今語作「豈有此理」或「那有這回事。」「趕上拿轉」即「趕上去提回來」。「就有在裏頭了」意為「就值得了」、「就不冤枉了」、「就不枉費心思了」。「寬坐片時」即「隨意坐一下」。「做甚生理便好」，今語作「做什麼生意才好」。「你休得攀今吊古」，今語作「你不要引經據典」。「你就等耐」，今語說「你就耐心等待」。「後來須要後悔」，今語應說「將來必定（一定）後悔！」「連累我也沒臉皮」，今語應說：「害得我也沒面子（丟臉）」。「酒量已喫到九分」，今語作「已有九分醉意」。「聲聲要去」今語說「口口聲聲說要離去（走了）。」「加倍放出意興來」，今語說「格外有勁（或更有興致）。」「不好留得」即今語「不便留你（他）」。「不知死的往那裏去了」今語當作「不知死到那裏去了」或「不曉得開溜到那兒去了」。「無他又待怎生？」今語作「沒有他（或「缺他一個」）又怎麼樣（或「又有什麼關係呢」？）「平昔好行方便」今語說「平常喜歡做好事」或「平時喜歡幫助人家」。「離塵奉道」即「出家」或「超脫塵世」。「心中更有一倍光景」（賣油郎獨占花魁）今語應說「心裏更增加了一倍情意」（或「心裏倍添情意」）。「癩蛤蟆在陰溝裏想著天鵝肉喫」今語作「癩蝦蟆想吃天鵝肉」省掉了「在陰溝裏」，而且語順也不同了。「老實頭兒」今語作「老實人」，但在吳語中仍用「老實頭」。「把來津貼了……」今語作「拿錢財來倒貼……」。「合當命盡」，今語說「命中注定要死了」。「嚷破了」即今語「說穿了」或「當面說穿」、「當面攤牌」。

仔細看來，明人寫的通俗小說，對現代人來說，已經不太「通俗」了，因為「俗」的標準每個時代不同，「通」的標準也不太一樣，因此有人主張文言文的好處是變化更有軌轍可尋；但是，語體文的變化，就以上所舉者觀察，大半不也若合符節嗎？

施閏章的詩

施閏章，清朝安徽宣城人，一六一八～一六八三年在世，三十二歲中進士，歷任刑部主事、侍講、侍讀，修纂明史。文章醇雅，詩更工妙，與宋琬齊名，時人稱為「南施北宋」。字尚白，號愚山。

他的五言詩辭句清麗，溫柔敦厚，王士禎尤其欣賞，他變化梅堯臣的詩法，更進一步，愁苦悲愴，都能以委婉含蓄的手法來表現，章法渾成。又與同鄉的高詠唱和，形成所謂的宣城體，影響很大。

王士禎曾經為他作五言的「摘句圖」，這些名句，今人已很少能讀到了，我願擇要略加分析，以便與讀者奇文共欣賞。

一、「別緒不可理，酒壺暮江頭」：絲線是可以清理的，但別離的情「緒」却是「理還亂，剪不斷」的，所以唯一的辦法是在暮色籠罩的江頭（古人遠行多乘舟船），與離人共醉：「酒壺」二字，把前面五字的意境都反襯出來了。

二、「人日日初晴，朔風一夜至。」：人日是正月七日，那是嚴冬天氣，好不容易碰到一個大晴天，轉瞬之間，凜冽的朔風又吹起了。象徵人間寒暖變化，不可逆料，正如月有陰晴圓缺。「日」與「夜」、「晴」與「風」，前後參差對比，別成一種句法。

三、「晝日孤雲在，青松滿院寒。」兩句之中，有孤雲、青松兩個意象上下相對：天上孤雲，似不濃稠，但自不散，便知不是晴天，以致滿院青松散出清涼之氣，轉為薄寒之感。寫景如此，亦可謂入微矣。

四、「雲樹分曦早，江村出霧遲。」這看來是兩種景象，其實却是一幅畫面。雲和樹上下相迎，分沾晨曦，但同時却有曉霧瀰漫，以致下面的江、村都遲遲未能「展顏」。本來純是寫景，却無意間醞釀出一些言外之意來，——有人得曦光，有人沉迷霧中。

五、「到門聞午磬，遶屋過寒泉。」到門是意中事，聽到中午的鐘聲是意外，於是暫且不進門，遶過屋子去欣賞寒泉佳景了。人生當中，這一類的情景正增添了不少生命情趣。

六、「人煙梅市白，山色剡溪深。」本是兩個倒裝句：「梅市人煙白，剡溪山色深。」以兩地相對：市、溪是一城一郊，「梅」、「剡」則以木對火，錯落有致。人煙對山色，既自然又工切，煙白山翠，但山上有嵐，亦與煙色相近。以「白」對「深」，則遠比對「翠」、「青」

為妙，變化而涵義更廣。

七、「片雨前峯過，高松獨鶴寒。」以片來形容雨，表示驟雨，「前峯過」是「過前峯」的倒裝。上句主動，「片雨」已擬人化；下句主靜，以高松旁的獨鶴為主題，遠匹前峯，而一「寒」字則緊扣片雨與高松，同時暗喻「高處不勝寒」、「鶴立雞群」者之孤寒。

八、「孤城春水岸，歸鳥夕陽村。」十字完全寫景，無一虛詞，城孤、鳥歸；春水是一般的背景，也表現了季節；夕陽是特殊時刻的背景；而一岸、一村，自然成畫。兩句另一相同的特徵是：靜中有動——春水是流動的，歸鳥是在飛翔的（或剛剛飛回窩中）。相異之處是：孤與歸——歸則有伴而不孤。

九、「孤村流水在，盡日白雲閒。」流水、白雲，本為優閒之物，但處身於「孤城」，似乎更添幾分清閒。故「在」與「閒」，其意蘊實際上是一致的。也可說是流水、白雲乃一對「和而不同」的友伴。

十、「山廚連馬櫪，官舍奪僧居。」這兩句乍看似乎詩意較少，但却很耐人尋味。山廚連接馬櫪，這一意象已使人感到詫異；下句以「奪」字為動詞，更使讀者觸目驚心。原來在荒郊山野，官府的勢力還是那麼囂張，連出家人也不能不受驚擾；表面上未著一人字，但客觀的景象已說明了一切；「官舍」因句中眼「奪」字而擬人化，整個詩句也因而活躍如短劇。

總之，施氏詩工於寫物狀景，又時能流露出言外之意，有些詩句看來平淡從容，其實却頗富張力。因此他雖然不用奇辭異語，用典也較少，却能獨造風華，自成格調，成為清初詩壇一大家。

「人老三秋後，舟臨十八灘。」信手拈來，只見人與自然，渾然一片！

《儒林外史》的主題與成就

《儒林外史》是中國小說史上名列前茅的章回小說之一，清人吳敬梓著。悉心刻畫明代儒林中形形色色的人物，並對世道人心及社會病態作了多角度的諷嘲。魯迅《中國小說史略》中以為此乃中國諷刺小說的代表，胡適曾為專文介紹作者，譽為安徽第一文豪，其著眼點即在《儒林外史》一書。

吳敬梓在諷刺文學的領域中創造了一種新境界。表面上他的筆觸主要在於儒林人物，實則兼及中國社會中許多典型的角色，他的諷刺，也多半合乎溫柔敦厚之道，這正是諷刺小說與譴責小說最大的不同。雖然有時他也不能免俗，患了「文人好奇」的毛病，大筆爽然一揮，把某些人物挖苦得幾無容身之地，——譬如嚴監生臨死伸兩根手指暗示油燈中點了兩根燈芯太浪費的故事，幾乎人人叫絕，但這正是作者疏忽的地方，他忘了嚴某雖然吝嗇，卻是一個忠厚而不失至情至性的老成人，臨終必不致對親人了不牽掛！——但大致說來，此書的諷刺仍不失悲憫及「與人為善」的宅心。這正是一位大作家的風範。

此書的主題尤值得重視。中外的小說創作中，似乎極少能如此傾其全力倡議自由的生活、獨立的人格和平等的期嚮的。這當然與作者的卓特人格及思想息息相關。

論者常以結構欠嚴謹、人物不集疵議《儒林外史》。這項缺點自然難以隱諱，但它並不足以對一部包蘊豐富的長篇小說造成致命傷。（至於有西方評論家把它歸類為一短篇小說集，更是外行的看法。）其實全書以吳敬梓本人的化身杜少卿為主角，亦是無可爭議的，而杜少卿的儒雅、氣度、學識、瀟灑及寬容，也是古今儒林中所罕見的。但作者所想創造的，原不只是少數英雄式的個人，而是一種新人生觀、新社會觀。

杜少卿視萬貫家財為無物，但作者仍能兼顧人生的不同面向。本書第一回中以王冕為楔子，第末回裏以季遐年、王太、蓋寬、荊元作結，正顯示了作者既重視藝術和一技之長，也不曾忽視自食其力的美德。

在人物塑造上，《儒林外史》略比《紅樓夢》遜一籌。吳敬梓所捏塑的人物，大約有二、三十位是個性分明，堪稱生動出色的，不論有無「藍本」，在藝術上都卓然可稱。尤其他對於以男子為中心的中國傳統社會，始終有極親切的寫照。同時，他也暢然抒發了他對女子人格獨立的主張——沈瓊枝故事是最好的典範。這和他諷刺八股腐儒、詐偽君子、世態炎涼的許多妙文，同具一種超時代的意義。此外，吳氏在他筆下的正、反人物之間，醞釀出一種很自然的協調，這種渾然的成果，正可從不同的角度與《紅樓夢》、《水滸傳》等媲美。

相對於《紅樓夢》的筆致細膩，《儒林外史》的文筆可說是闊不遺細、豪中出婉。書中後半部插入一段軍旅故事，雖然是為了烘托出蕭雲仙等半儒半俠的人物，却是跟全書格調稍異的弱筆，三十九回用了洋洋一千多言大寫泰伯祠祭先賢的種種細節，固然有其提倡重振禮教的宅心，但既枯燥瑣屑，又犯了《鏡花緣》作者李汝珍有意炫學的忌病，《紅樓夢》中便找不到這一類的缺點。

《說話》賞析

這是一篇說明文。一般人只知道朱自清的抒寫文寫得出色，不知道他的說明文說來清晰而有條理，用字度句也很有講究，本文便是一個範例。

《說話》的主旨有三：

一、說明說話對人生的重要性。

二、說明說話的類別。

三、探求說話的技巧和境界。

同時作者還介紹了中國歷史上三部說話的經典——《左傳》、《戰國策》和《世說新語》，以及兩位擅長說話的專家——賈君房、柳敬亭，外加一本《紅樓夢》。

最精采的是說中國人說話的三種境界：一、忘言、二、慎言，寡言，訥於言，三、修辭或辭令——說得巧，但不可流於巧言令色，要兼顧時地人與禮貌和趣味。

首段一連用了幾個對比句，如「有人這個時候說，那個時候不說」，「有人愛說，有人不愛說」，似乎有些刻板，但最後却峯迴路轉，冒出「啞子雖然不說，卻也有那咿咿呀呀的聲音，指指點點的手勢。」一句，形成一種突破性的變化。

第二段一連引用了「辯士的舌鋒」、「三寸不爛之舌」、「惟口、出好，興戎」等古語，但安排得錯落有致，不會予人掉書袋的感覺，同時「物以稀為貴」這一成語，也被作者濃縮為「物稀為貴」，——這是為了節奏感的緣故。由此可見：作者對文字技巧的講究。

第三段討論說話中的一種特殊模式——「像行雲流水」的，這本是蘇東坡拿來形容好文章的比喻，朱自清信手拈來，却十分適切——有時我們用「口若懸河」來形容。但他對這種說話方式的分析，也很細膩入神——「不能夠一個字一個字推敲，因而不免有疏漏散漫的地方，不如作文的謹嚴。但那行雲流水般的自然，卻決非一般文章所及。」真是面面俱到。

後文又說到文章不太自然，還可以成為功力派，「說話是不行的；說話也有功力派，你想，那怕真夠瞧的。」意思很俏皮，但不曾流於輕佻。

第四段分說話為演講說書、會議、談判、審案、向記者發言、閒談等六種，雖非毫無掛漏，但重要的說話的確都包羅在內了。他認為前五種是正式的說話，多半會拉長了說，這當然不一定，要看說話的人而定。嚴格說來，愈能長話短說，愈是成功，愈是有效，林語堂說

「演講像女孩子穿迷你裙，愈短愈受歡迎」，雖然不是絕對的真理，倒也不失為閱歷有得之言。至於說閒談是「將話搭話，隨機應變」，那真是一大妙解。

第五段除介紹幾本書兩個人外，也稱許白話文歐化「從外國文中借用了許多活潑、精細的表現，同時暗示我們將舊有的一些表現重新咬嚼一番。」說得既真切又開明，令人擊節叫好。

第六段說到「至誠的君子，人格的力量照徹一切的陰暗，他用不著多說話，說話也無須乎修飾。」令人嚮往不已。

這是一篇討論「說話」最精彩、簡潔的文章，本身的文字也很講究，全文只有「說話也有功力派」一句「說話」二字下似應加上「若」字；「他太會修飾了」中的「了」可以刪去，因為下句還有一個「了」。

《說話》給讀者的最大啟示是：說話要適時適地，有禮貌，有趣味，多說不如少說，亂說不如慎言。

《匆匆》賞析

《匆匆》是朱自清所寫的一篇小品文，抒情兼說理，也是相當流行的一篇。

這篇短文的主題很清楚：時間——日子——是容易飄逝的，留也留不住，挽也挽不牢，消失消失復消失，我們在飛去的日子裏，能夠做些什麼呢？是白白走這一遭？還是別有目的？

這篇文章全用活潑的口語寫成，而且似乎在對讀者親切的說話，頻頻呼叫「聰明的」——隱隱約約就是一個「你」。

首段用三個大自然中常見的意象——燕子，楊柳，桃花，一種動物，兩種植物，而且都是春天出現或盛開的生物，在顏色方面，燕子是黑中有灰白，楊柳是綠色的，桃花是鮮紅色的，也頗不單調。動詞則用了「去」「來」，「枯」「青」，「謝」「開」三組，其中只有「枯」「謝」二字稍有重複之嫌。三個疊句之後，突然安排一個較長的問句，然後又繼以五個較短的問句，來輔佐、分析上一問句，這一段的作法頗可取法。

第二段的「他們」有點曖昧，是「時間」？是造物？還是「日子」本身？好像都不容易說通。這雖是小疵，也不容放過。「但我的手確乎是漸漸空虛了」固然是一個比喻，但不夠真切，除了部分老年人之外，似乎很少人有這種感覺，而朱自清寫這一篇的時候不過是一位青年人。這就不免有點無病呻吟的意味了。「像針尖上一滴水滴在大海裏」如果用來形容每一天的消逝，當然很好，但此處作者似乎是用來比方「八千多日子」，這樣做當然也可以，然而卻欠缺了鮮明有力的感覺。最後說「我不禁汗涔涔而淚潸潸了」，也有「為賦新詞強說愁」的嫌疑。青年人尤其不該有這樣的反應。

第三段「去的儘管去了，來的儘管來著；去來的中間，又怎樣地匆匆呢？」乍看很正常，細想也有問題：什麼叫「去來的中間」？難道是「日子」以外的什麼東西？說「太陽，他有腳啊」固然好，「我也茫茫跟著旋轉」一句中的「旋轉」便不免誇張失實了。後來說洗手、吃飯、默默、躺著時日子的奔流，文字頗為鮮活，但仍有一點刻意雕琢的味道。「我掩著面歎息」又犯了多愁善感的做作毛病。

第四段的「只有徘徊罷了，只有匆匆罷了；在八千多日的匆匆裏，除徘徊外，又賸些什麼呢？」這不是言不由衷的濫調嗎？這二十多年裏，朱自清讀過多少書，做過多少事，還教過多少學生！怎麼可以說「只有徘徊罷了……」呢？至於留下什麼痕跡？他的文章，他對學生的影響和薰陶，都是不可否認的，為什麼要說「何曾留著像游絲樣的痕跡呢」？為什麼口口聲聲說「白白走這一遭」？這段的缺點也是不夠真實。

本文跟其他朱自清的作品最大的不同是不夠真誠，近乎無病呻吟。也許因為他寫作時年紀還輕，不太成熟的緣故。不過它仍可啟發一部分青少年：好好把握時光，做一些有益的事，讀一些有益的書，以免「少小不努力，老大徒傷悲」。

《一張小小的橫幅》賞析

朱自清的《一張小小的橫幅》本身，就像一幅濃豔的工筆畫。它是一篇描寫文，主旨是把馬孟容所畫的一張小橫幅刻畫出來，使讀者如見其畫，如歷其境，而且還把自己欣賞這幅畫的感受也表達了。

首段介紹此畫的大小及作者，言簡意賅。

次段全力描寫畫的內容，順著次序由左上角說起——「斜著一卷綠色的簾子，稀疏而長」，進而寫出中央的黃色鉤子，並穿插一句問句，以變化節奏。作者對色調的交代也纖芥不遺，「綠」、「黃」、「石青」、「青光」……同時把它們的形象也一一敘說清楚——「茶壺嘴似的」，「垂著雙穗」，「絲縷微亂，若小曳於輕風中。」……下半寫海棠花的風姿形貌，也玲瓏有致，毫不含糊。尤其「葉嫩綠色，彷彿掐得出水似的……」更為傳神。

最後寫那對黑色的八哥，更有畫龍點睛之趣。「一隻停得高些，小小的眼兒半睜半開的，似乎在入夢之前，還有所留戀似的。……」簡直把八哥擬人化了。末了以「簾下是空空的，不著一些痕跡」作結，不但落筆輕靈，而且隱約地含有「色即是空」的言外之意。

末段稱許這幅畫「布局那樣經濟，色彩那樣柔活」，使讀者彷彿進一步分享了它的精采動人處。至於說它情韻之厚，足以淪肌浹髓而有餘，雖然不免些許誇張，仍不失為精悍有力的一筆。

全文頗短，中間用了不少文言句法——如「若小曳於輕風中」，「或散或聚」，「故其精采足以動人」，「而情韻之厚，足以淪肌浹髓而有餘」，「留戀之懷，不能自已」。這是作者在其他作品裏很少運用的，似乎正好配襯了原畫的「經濟」和緊湊。

用喻方面，也相當出色，且適可而止：「如一張睡著的美人的臉」、「如少女的一隻臂膊」等。

本文可以引發讀者欣賞繪畫的情趣，也可算是一課小小的美學品鑑。

《背影》與《荷塘月色》

《背影》是五四時代散文名家朱自清的代表作之一，全文摘寫父愛，由生活中平凡的瑣事落筆，卻透顯出人性的光輝來。

朱自清的散文一貫以平淡雋永見長，本文中的父親，只是一個平凡的人，但他對兒子的關注和實際的表現，卻使他無形間變成了一個感人的典型。

朱自清寫父親，是集中在一件事——送他上火車——上，不像段永瀾寫的《我的父親》，乃是聚集了一生中記憶的精粹，但《背影》一文仍能予人深厚的感受，這正是「修辭立其誠」的成效。

作者在真摯中流露出親情的美善，他並沒有故作孝子狀，也不曾刻意地把父親寫得毫無缺點，文中有幾小段，甚至還在點染父親近乎可笑的一面：

「行李太多了，得向腳夫行些小費才可過去，他便又忙著和他們講價錢。我那時真是聰明過分，總覺他說話不大漂亮……」

「我心裏暗笑他的迂，他們只認得錢，託他們真是白託；而且我這樣大年紀的人，難道還不能料理自己麼？」

「他用兩手攀著上面，兩腳再向上縮；他肥胖的身子向左微傾，顯出努力的樣子。」

但是他父親可笑笨拙的言語和動作，正好是出自一片愛心，也終於感動了那「聰明過分」的兒子。

這篇文章可以說是平鋪直敘的，朱自清幾乎是以不用技巧為技巧，因此給人的感應也更直接有力。

《背影》中細膩的刻畫是傳神而不覺瑣屑的，結構也四平八穩，無懈可擊；開頭和結尾互相呼應。

《背影》裏對話很少，但句句傳神，且能表現他父親的個性：

「不要緊，他們去不好！」一個直爽的中年人如在目前。

「我買幾個橘子去，你就在此地不要走動。」寫出他父親溫情和謹慎的兩面。

「我走了，到那邊來信……」「進去吧，裏邊沒人！」乍看都很乾脆俐落，但末了的「裏邊沒人！」卻耐人尋味，好像這位爸爸一直很擔心「裏邊有人」會對兒子造成什麼妨害似的。

還有一些描寫父親動作的句段，也很生色：

「過鐵道時，他先將橘子散放在地上，自己慢慢爬下再抱起橘子走。」

「他和我走到車上，將橘子一古腦兒放在我的皮大衣上，於是擦擦衣上的泥土，心裏很輕鬆似的。」

「他走了幾步，回過頭看見我，說……」

在在給予讀者深刻難忘的印象。

全篇沒有運用一個比喻，我們可以這樣說：「愛到深處無可喻」。

《背影》是一幅動人的淡彩畫，著色不多，冷中透熱，景致宛然，情感含蓄。這類文字，不只可以涵泳讀者的情感，更足以鍛鍊年輕人的情操。

《荷塘月色》也是朱自清的名作之一，其中有寫景，有抒情，也有少許說理的成分。它的主題是：夜晚是一個特殊的時間，「我也像超出了平常的自己，到了另一個世界裏。……一個人在這蒼茫的月下，什麼都可以想，什麼都可以不想，便覺是個自由的人。白天裏一定要做的事，一定要說的話，現在都可不理，這是獨處的妙處。」同時還隱隱透露：大自然是充實豐富的，人則比較渺小。除了大半篇的描寫外，最後一句：「但熱鬧是牠們的，我什麼也沒有。」正好一筆點明此一旨意。

本文最大的優點有二：

一、描寫細膩動人。

二、情景交融。

全文的心理背景是：「這幾天心裏頗不寧靜」，「忽然想起日日走過的荷塘，在這滿月的光裏，總該另有一番樣子吧。」

本文因性質與《背影》不同，朱自清運用了比較穠麗的筆調，同時還經營出許多比喻來，如：

一、「葉子出水很高，像亭亭的舞女的裙。」

二、「層層的葉子中間，零星地點綴著些白花……正如一粒粒的明珠，又如碧天裏的星星，又如剛出浴的美人。」

三、「微風過處，送來縷縷清香，彷彿遠處高樓上渺茫的歌聲似的。」

四、「葉子與花也有一絲的顫動，像閃電般，霎時傳過荷塘的那邊去了。」

五、「葉子本是肩並肩密密地挨著，這便宛然有了一道凝碧的波痕。」

六、「月光如流水一般，靜靜地瀉在這一片葉子和花上。」

七、「葉子和花彷彿在牛乳中洗過一樣，又像籠著輕紗的夢。」

八、「酣眠固不可少，小睡也別有風味的。」

九、「葉下參差的斑駁的黑影，峭楞楞如鬼一般。」

十、「光與影有著和諧的旋律，如梵婀玲上奏著的名曲。」

十一、「樹縫裏也漏著一兩路燈光，沒精打彩的，是渴睡人的眼。」

其中除五、八、十一等三則為暗喻外，都是明喻（用「如」、「像」、「彷彿」等詞來連接的）。第二則連用三個比喻，二為無生物，一為人。第七則也有二喻，一為半動態的，一為靜態的。第八則二喻則以比較的方式羅列出來，用以刻畫淡雲遮月的光景。第三則以聽覺比喻嗅覺，是一種感官交錯的作法，可參閱拙著《文學概論》（五南版）中的《文學與感覺》一章。第四、六兩則，在比喻語之後還有進一步的表現。這些都是不同的用喻方式。

本文對空間的處理也能遠近兼顧，如最後一段就安排得錯落有致，效果卓然。

《荷塘月色》一文告訴讀者如何親近大自然，如何認清自我，解除愁悶，進而享受生命中有限的自由和快樂。

徐志摩的兩則日記

九月二十九日

徐志摩這篇日記雖然短小，却是一篇相當完整的小品文。

一開頭就把主題點出來了：我的生活由沉悶轉成活潑。

過程是如何的？且看下文：

——父親自己悶慌了，收拾好那隻遊船，找了一群人遊河。

先是作者尋著了經霜的楓葉——自許為一樁韻事，然後又轉口說：「菱塘裏去買菱吃，又是一件趣事。」其實，「韻事」、「趣事」，詞異義同，但在這兒恍惚是作者玩了一個小小的魔術，用這兩句平凡的話，很自然的把重心轉移到另一邊去了。

接著就寫採蓮——這也有五個階段：

㈠「我們船過時，見鮮翠的菱塘裏，有人坐著圓圓的菱桶在採摘。」

(二)「我就嚷著買菱。」

(三)「買了一桌子的菱，青的紅的，滿滿的一桌子。」

(四)「『樹頭鮮』真是好吃。」

(五)「我選了幾隻嫩青的，帶回家給媽吃，她也說好。」

就寫那麼一件生活中的瑣事，也筆筆不苟，層次分明。末了的結論，也跟開頭互應。第二行的「收拾乾淨」是寫實，也是全篇情味的一個象徵。

十月二十一日

這則日記簡直是一篇獨立的散文，題目可以擬作「數大便是美」，這句話一開頭作者就大聲的說出來了，這法子叫「開門見山」。然後用山坡前的幾千隻綿羊，一天的繁星，泰山頂上的雲海（我們不妨用阿里山的雲海來代替它），大海萬頃的波浪。愛爾蘭附近那個「羽毛島」上棲著的幾千萬飛禽……一段段的鋪敘，有聲有色，行雲流水，毫無滯態拙筆，末了又強調一次「數大便是美」。這簡直是一支完整的民歌。至於接下去的幾句詮釋，反倒像是可有可無的伴奏音樂了。

下一段，出乎讀者意料之外的，徐志摩又引出了西湖的蘆荻和花塢的竹林，重新來描述數大之美，然後用不同景物在觀賞過程中的角度、性質、顏色之不同，來說明我們對景所生之情的差異。

末段又帶出西溪的蘆葦來——並且輕描淡寫的烘托出作者無盡的遺憾——許多美好的事物，因為人們現實的考慮而減少了、絕滅了，這是美的厄運，也是像作者一樣的愛美人的隱憂。但是徐志摩只是適如其分的點到為止，沒有進一步的抨擊或怨嘆，不知不覺地表現了一位雅人的風範。

徐志摩這兩則日記都是有感而發，但前一則偏重於記敘，後一則偏重於抒情和議論。綜合地說，徐志摩正是一位能夠融洽景、情、理、人於一的散文家。讀者很可以由這兩則日記及《我所知道的康橋》等美文中，看出其中的訣竅，進而享受大自然的美妙，領悟人生的真諦，以樂觀代憂苦，以詩意點染凡俗的生活。

《我所知道的康橋》賞析

《我所知道的康橋》可說是詩人徐志摩最有名，最膾炙人口的一篇散文。

它的特點有四：

一、是詩化的散文。

二、富有異國情調。

三、寫景、抒情兼勝。

四、文辭流利，用喻灑脫。

這篇美文的主旨是教人們如何欣賞大自然的美景，同時把自己的身心完全溶入其中，他在第二段用了「伺候」及一連六個「關心」，正是這一主題的有力映現。

本文造句極為活潑，如一開頭的「靜極了，這朝來水溶溶的大道」是倒裝句，但顯然這一簡易的倒裝手法造成提神、有力的效果。以鈴聲「點綴」「周遭的沉默」，以「曉鐘和緩的清音」過渡到「地形像是海裏的輕波」的平原，然後突出一「登」字，彷彿讀者也隨著作者臥遊斯山了。

對稱、反轉句法的運用，也是徐志摩的一大擅長——如「有村舍處有佳蔭，有佳蔭處有村舍。」疊句是另一種有力的利器——如「遠近的炊烟，成絲的，成縷的，成捲的，輕快的，遲重的，濃灰的，淡青的，慘白的，」又如「一層輕紗似的金粉糝上了這草、這樹、這通道、這莊舍。」甚至三句以「頃刻間」打頭的長句，也安排得錯落有致，不嫌冗長。兩次「春！」亦下接對比的句子：「這勝利的晴空彷彿在你的耳邊私語。」「你那快活的靈魂也彷彿在那裏回響。」娓娓道來，一點也不覺刻板。

運用形容詞的豐富和變化，也是徐志摩散文的一絕——當然，在他的詩裏，也同樣展現這種才華和技巧。如「怯伶伶的小雪球」，「窈窕的蓮馨」，「玲瓏的石水仙」，「愛熱鬧的克羅克斯」，「耐辛苦的蒲公英和雛菊」，「巧囀的鳴禽」……他時常以同偏旁字構成的詞，及雙聲、疊韻詞造成特殊的視覺或聽覺效果。

他的文章另一種魅力是，使讀者覺得作者只是在跟自己聊天、談心，而不是正襟危坐地寫文章，有一種博衣寬帶的氣象，也有一股不拘形跡的瀟灑。

第三段又用了一些假設句，使全文更添波瀾：「你如愛花，這裏多的是錦繡似的草原。

你如愛鳥，這裏多的是巧囀鳴禽。你如愛兒童，這鄉間到處是可親的稚子。你如愛人情，這裏多的是不嫌遠客的鄉人……」由植物到動物，由小孩到大人，有如階梯式的升起，而且最後一節用出「你如愛人情」，又是由實轉虛（抽象），可謂運用之妙，存乎一心。

最後一段先引了陸游的兩句好詩：「傳呼快馬迎新月，卻上輕輿趁晚涼」，一句豪放，一句婉約，也正好反映了徐志摩剛柔並蓄的風格，以及康橋一帶美中有力的情調。但是接下去卻用了一次反接的技巧：「我在康橋時雖沒馬騎，沒轎子坐，卻也有我的風流……」說到「我常常在夕陽西曬時，騎了車迎著天邊扁大的日頭直追」，又變成「正」「反」之後的「合」了。「我沒有夸父的荒誕，但晚景的溫存卻被我這樣偷嘗了不少。」也有一種弔詭的情趣。

至於「有一次，我趕到一個地方，手把著一家村莊的籬笆，隔著一大田的麥浪，看西天的變幻。……」那一大段，更是一篇無懈可擊的散文詩了，那怕寫到「我真的跪下了」不免有些戲劇化的濫情，也使讀者難以抗拒其魅力。

這篇在一般選本中雖經節選，仍覺一氣呵成，齒頰餘香。讀完《我所知道的康橋》，你會覺得徐志摩的熱情、敏感和才華，他的浪漫情懷，充滿於你的上下四方，好像徐先生自己就是那美得不可思議的康橋。

王國維的學術與文學

王國維，西元一八七七～一九二七年在世，現代學者、詩人、文學批評家。字靜安，又字伯隅，號觀堂。浙江海寧人。出身貧苦，曾在杭州崇文學院肄業。二十二歲到上海，擔任《時務報》館校對，此年為光緒二十四年（一八九八年），羅振玉等設立東文學社於上海，聘日人藤田豐八為教授，國維乃往學焉，偶寫所為《詠史》絕句於同學扇上，振玉見而大為欣賞，遂選拔於同儕中。三年畢業，振玉主持武昌農學校，以教授多日本人，乃聘國維前往任翻譯，次年東渡，留學日本物理學校，後以腳氣病歸國。三十年（一九〇四年）秋，振玉主持江蘇師範學校，又聘他為教授。當時國維正日夕致力於文學，曾說：「生一百政治家，不如生一大文學家」；「惟文學家能與國民以精神上之慰藉，而國民之所恃以為生命者；若政治家之遺澤，決不能如此廣且遠也。」

次年，振玉薦之於尚書榮慶，命在學部總務司行走。入京以後，開始治宋元以來的通俗文學，尤著力於宋詞元曲。

辛亥革命爆發，振玉掛冠於神武門，走避日本，國維也攜家追從。不久返國，清代遜帝溥儀欽佩他的學行，賞食五品俸，賜紫禁城騎馬，命檢校昭陽殿書籍，鑑定內府所藏古彝器。後溥儀遯跡天津，國維受聘為清華研究所教授，感時代喪亂，又受羅振玉凌侮，於民國十六年（一九二七年）投水自沈於頤和園中的昆明湖。溥儀特下哀詔，諡為忠慤。

他初好哲學，對西方叔本華思想尤為服膺。後改行從事文學，尤致力於戲曲，曾說：「美術中以詩歌、戲曲、小說為其頂點，以其目的在寫人生故。」打破一向「文以載道」的傳統論見，別樹一幟。自作詩詞，亦格高境深，可謂晚清一大家。晚年喜治甲骨文字，多有創發，若干署名羅振玉之著作，其實亦出其手。

他的文學批評亦成果卓然。《紅樓夢評論》是《紅樓夢》研究的新境域，以西方美學觀點討論此書之全面宗旨及悲劇精神，以解脫與出世詮釋之，他把悲劇分為三類，而將《紅樓夢》歸屬於由劇中人之關係位置而不得不然一類，又把影射說、自傳說作了相當中肯的批判。《宋元戲曲史》論述了我國戲曲的形成、元雜劇的發展、藝術特色及成就，亦為劃時代著作。《人間詞話》則以傳統的詞話形式揭櫫境界說，以為有真景物、真情感乃是有境界，著一境界，而性靈、格調、神韻諸宗旨均已包羅在內。境界又分有我之境與無我之境，有我之境為移情作用之表現，無我之境為忘我及物我合一之表現。並主張天下文學以血書者最可貴，「詞人者不失其赤子之心也。」詩詞之理亦一以貫之。

在治學方面，則對文字、經學、史學、文學各方面均能兼採新故方法，並借鑑西方治學途徑，取精用宏，卓然有所建樹，為一代大師。

著作除前述外，尚有《曲錄》、《人間詞》、《歌曲考源》、《宋大曲》、《優語錄》、《錄曲餘談》、《古劇腳色考》、《曲調源流表》、《文學小言》等。羅振玉曾將他的所有著述編成《王忠愨公遺著》，生前又曾自編《觀堂集林》。

他對現代國學界的影響是有目共睹的，不遜於陳寅恪、章太炎、梁啟超等。

胡適先生及其業績

胡適，西元一八九一～一九六二年在世。現代作家、學者。原名胡洪騂，字適之，筆名天風、希疆、鐵兒等。安徽績溪人。一九一〇年留學美國，初學農，後改學哲學，獲哥倫比亞大學哲學博士，為美國實驗主義哲學大師杜威的學生。回國後先後擔任中國公學校長、北京大學教授、校長，抗戰期間出任駐美大使，並在美任教，後返國擔任中央研究院院長，死於任所。

他是新文化運動暨新文學運動的領袖人物，五四運動前後，曾反對文言文，提倡白話文及新文學，不遺餘力，一度參加《新青年》的編務，對於舊文化時抱批判的態度，但同時又主張用科學方法整理國故。他所提出的「文學革命」或「文學改良」，實以「八不主義」為重心，主張為文要言之有物，不作無病呻吟，不賣弄形式技巧，不用典，不落俗套，大致受梁啟超《飲冰室詩話》中文學觀的影響。一九一九年在他主編的《每周評論》上發表《多研究些問題，少談些主義》一文，攻擊馬克斯主義，主張國人努力研究一些具體實際的問題，而不要妄圖對社會民族問題作所謂「根本解決」，同時也認為《新青年》的反傳統色彩過於鮮明，左傾意味尤濃，應該改弦更轍，多「注重學術思想藝文的改造」，甚至「聲明不談政治」，遭到李大釗和魯迅等的批判。因此不久便自動退出《新青年》的陣營。

一九二二年以後，胡適之陸續創辦了《努力周刊》、《讀書雜誌》、《國學季刊》，悉心宣揚「整理國故」和「好政府主義」（即是一個平平實實為人民做事的政府）。五卅運動和三一八慘案後，他雖懷抱愛國愛人之心，仍對群眾和青年學子的過激行動有所批判及規勸，這當然也引起中共及其擁護者的不滿，因此對他不斷攻擊，說他是資產階級反動派的保鑣。

一九二三年他和徐志摩、聞一多、梁實秋、朱湘、葉公超等詩人、學者、作家合組成所謂的「新月派」（據梁錫華的考證，這其實並不是一個有具體組織的文學社團，只不過是一群志同道合的朋友在一起交遊辦刊物寫文章而已。）發表很多詩文，攻擊所謂的「無產階級文學」。一時之間，胡氏乃成文化界右派人物的代表。

在學術研究方面，胡適之一貫主張「大膽假設，小心求證」，影響頗大，但論者以為「大膽假設」一語，實在值得斟酌。他自己也做了不少考據功夫，包括對《水經注》、通俗章回小說等。主要著作有《胡適文存》、《中國哲學史大綱・上卷》、《國語文學史》、《白話文學史・上卷》。

他首先從事創作新詩，雖成果不多，但開風氣之功不可沒，著有《嘗試集》、《嘗試後集》，均以小詩為主。又曾寫作《丁文江的傳記》、《四十自述》二本傳記文學，前者情真文摯，尤受人稱道。不過他的文學觀一味重平易，求清楚，反不重視深一層的藝術經營，如反對律詩便是一種偏頗的意見。

他也是一位翻譯家，除零篇論文、詩歌外，更曾出版了他歷來所選譯的《短篇小說》第一集、第二集等，如《最後一課》、《二漁夫》等名作，均收入其中。

胡適的八不主義

民國五年八月，胡適之先生寫信給他的朋友朱經農先生。其中最重要的一段話是：

「新文學的要點，約有八事：

「一、不用典。二、不用陳套語。三、不講對仗。四、不避俗字俗語（不嫌以白話作詩詞）。五、須講求文法——以上為形式的方面。

「六、不作無病之呻吟。七、不模仿古人。八、須言之有物。——以上精神（內容）的方面。」

這封信裏所謂的「八事」後來就發展成了「八不主義」。這是早期新文學運動中最重要的主張和口號。

嚴格說來，這八不主義，乃是「六不二要」主義。

仔細分析起來，八不主義只有六項半。

而且，「不用陳套語」、「不用典」也不完全屬於「形式的方面」。道理很簡單：典故、陳套語，都直接涉及內容，而且主要是內容，它們跟形式的關係實在微乎其微。譬如在祭文末了說「嗚呼哀哉！尚饗。」這的確是應該歸屬於形式的「陳套語」；但一般的陳套語却是直接關乎內容的。

陳套語跟「模仿古人」當然有關係，簡單明瞭的說：用陳套語是「模仿古人」的一環，因為所謂陳套語都是古人習用，陳陳相因，代代相傳的累積物。再說得嚴格一點，用典何嘗不是廣義的「模仿古人」？

至於「不作無病之呻吟」和「須言之有物」，更是互為表裏，密不可分的兩句話。「須言之有物」是由正面說，是積極的要求，「不作無病之呻吟」是由反面說，是消極的禁止，但它們的實質意義却可以說是完全一致的。胡先生在寫信的時候心血來潮，大筆一揮，但求「宣傳」效果，便不暇作更進一步的辨析、整飭了。

還有，第四點主張「不避俗字俗語」，下加括弧，說即是「不嫌以白話作詩詞」，其實二者的範圍也不盡相同：一、不避俗字俗語不一定就是運用白話寫作的意思；白話文裡也有雅字雅語；文言的詩詞裡（像蘇東坡的詩）也可以有俗字俗語（如「甚酥」等）。二、不避俗字俗語應不限於詩詞，文章中更應該如此。所以胡先生這樣寫法，實在是欠缺精密考慮的。

這八不主義，雖然本身破綻頗多，但是不可否認的，它在中國現代文學及語文史上，自有它不可抹煞的作用和影響力。

不過，吾人今日回顧此八項主張，只能把它當作史料，而不宜再加標榜。因為有些已經人人習以為常，有些則不盡站得住——尤其「不用典」，除非改為「少用典」（後來胡先生在言談文字中亦有此意），否則是違反文學史事實的，因為用典如果用得恰到好處，自有它正面的藝術價值。

又如「不模仿古人」一語，也失之太過籠統，因為人類文學史上的所謂模仿，本是不可或缺的一個過程，甚至嚴羽所謂的「妙悟」，也不能完全缺少模仿的歷練。而「對仗」也不是絕對的「罪惡」。

魯迅的精神及其文學業績

魯迅（周樹人，筆名多達一百多個）是中國有新小說以來第一位傑出的小說家，同時也是五四時期一位優秀、犀利的散文家與雜文家；作為《中國小說史略》、《古小說鈎沈》、《小說舊聞鈔》等書的編著者，他又是一位有分量的文學史家。

如果說老舍、沈從文是三十年代的代表性小說家，張愛玲是四十年代的代表性小說家，魯迅便無疑是二十年代小說界的翹楚。

而他的散文，爽朗雋永兼而有之；他的雜文，嘻笑怒罵，鋒芒逼人。他是中國現代文學史上任何人都無法迴避的一顆巨星。他的主要精神和文學業績，也許可以歸納為以下六點：

一、愛國家愛民族：他早年留日，學醫；但是後來深深覺得要救國必先救心，學醫只能救人身體，不是最要緊的，於是毅然改以文學為終身職志。他在許多小說和雜文中對我民族、國家的批評，實際上都是基於此一動機。能破而後能立，知病然後得治。可惜他只活了五十五歲，而且環境也迫使他做了若干可能是徒勞無功的事，因而他的志業，也未能一一實現，這應該是他一生最大的遺憾。

二、對人性的批判：他的《阿Q正傳》，一方面固然是對中國民族性的局部呈示，一方面也是對普遍人性弱點的剖析：諸如懦怯、狡獪、陰險、迷信、殘酷、愚昧、吹噓、欺善怕惡、自我欺騙等，豈止是中國人的專利？當然，除此之外，魯迅也曾把農業社會中特有的懶散、虛偽、自卑、落伍，予以強調。然而，這些人性的弱點，不但「放諸百世皆準」，而且更可說四海皆同。魯迅針針見血的刻畫這些，其實不外乎表白一顆愛人、關懷人類的心！可惜，過度的熱衷與激憤，或不免使他的本意未能全然見知於世人。

三、對傳統的批判：譬如《狂人日記》一篇，夏志清以為「非常簡練地表露出作者對中國傳統的看法。」那名狂人以為四周所有的人都想要把他殺了吃掉。夏氏說：「魯迅對於傳統生活的虛偽與殘忍的譴責，其嚴肅的道德意義甚明。」此外如《藥》、《孔乙己》等，也都蘊涵強烈的批判，乃至辛辣的諷刺。相對地說，他對當時政治、社會的批判指責，在今天看來，反而是次要的了。或者說，那也可視作他傳統批判的一部分。

四、對政治、社會的批評：這項工作，除了在小說（如《阿Q正傳》）中有含蓄的展示外，在諸多雜文中更以較直接、較犀利的方式正面承擔，或一語中的，或百箭叢集，或以反為正，或聲東擊西，這樣鋒利的文筆，在中國文學史上實在是罕見的。但是我們半世紀後的讀者，對於他的深摯宅心固宜仔細體認，對於他的偏頗和矯枉過正處，也不可輕易放過。時移世易，我們也許更能客觀地來評價他的一生言行。

五、出色的文學技巧：由於魯迅的才華、學問，以及他對異域文學的廣泛接觸，他的小說，不僅在內涵上是二十年代無人能比的，就是以技巧而論，也可說是超時代的異數。他的三十多篇中短篇小說（包括《故事新編》在內），以現代小說的眼光而論，都不失為第一流的作品，不論人物塑造、情節結構、敘事觀點、時空處理、氣氛醞釀、對話、節奏，均頗講究，而又極少斧鑿痕（《阿Q正傳》等少數幾篇稍稍例外）。甚至到了八十年代，仍有不少篇是值得吾人當作短篇典範的。

六、對文壇的影響：魯迅在二十年代、三十年代的中國，可說是文壇上數一數二的人物，不論敬重他或反對他的人，都不能不正視他的成就和辭鋒。他擁有許多信徒，為他推波助瀾；樹下不少敵人，與他針鋒相對；同時，最不幸的，他曾長期地為中共所利用，以之為左派文人的重鎮；不論生前死後，他常被拿來作為宣傳的張本；其實，說魯迅是一個共產黨人，乃是小看了魯迅，矮化了魯迅！魯迅當然不是神，也未必是理想的先知，但他至少是一位特立獨行的知識分子，一位愛國文人，一位人道主義者。

我們這一代的讀者，在戒嚴四十餘年之後，終於能看到《魯迅全集》在此自由民主的國土上重新問世，我們不能不感謝這個開放的時代！但願大家能以文學的眼光、歷史的眼光、民族的眼光、世界的眼光來看魯迅；如果仍然有人堅持以偏狹的政治眼光來端詳魯迅，那將是文學的罪人，時代的庸人。

本集得魯迅第一大弟子臺靜農教授之題署，更增添不少光輝。（按臺先生不僅曾與魯迅長期通信，民國二十六年即魯迅死後次年，更與許廣平共邀許壽裳、蔡元培等人共任編委，著手編輯《魯迅全集》）。

以全集的內容而論，《吶喊》、《彷徨》兩部中、短篇小說集自然是魯迅最重要的作品；其次，大部分在三十年代寫成的《故事新編》，大都可視作借古喻今的歷史小說或寓言小說，其中《補天》、《奔月》、《理水》、《采薇》、《鑄劍》、《出關》、《非攻》是七篇小說，《起死》（莊子故事）則是獨幕劇形式，也是魯迅唯有的兩篇劇作之一（另一為《過客》），這八篇作品也都耐人咀嚼回味。《熱風》集中有一篇《智識即罪惡》，也是小說。散文方面，《野草》、《朝花夕拾》二集中皆多佳構，如《藤野先生》、《范愛農》等，都可誦可讀，後者也可視作一篇小說；另有一些寓言小品，如《死火》、《狗的駁詰》、《失掉的好地獄》，均可細品。雜文之作最多，恣肆不羈，《華蓋集》、《準風月談》等，不勝枚舉。序跋、日記、書信，亦時有可觀者。

《魯迅全集》谷風版序

郁達夫及其文學業績

郁達夫（西元一八九六～一九四五年）。現代小說家、散文家。名文，達夫是他的字。浙江富陽人，聰慧強記，從小愛好古典詩詞。六歲父死，長兄曼陀兄代父職，多方教導，一九一三年，達夫畢業於杭州一中，即隨赴日考察的哥哥去日本留學。一九一四年入東京第一高等學校的預備班，與郭沫若同班，嗣後分發至名古屋第八高校去讀本科，三年畢業，又就讀東京帝國大學政治經濟系（法科），四年後畢業，此期間多讀中西日文學書籍，尤以小說為主，他之被人稱為一本活動的文學書目，即種因於此。

留日期間，開始創作，中篇小說《沉淪》，即此時的處女作。同時寫了很多舊詩詞，被同學們目為才子。

一九二一年與郭沫若、成仿吾、田漢等人發起組織「創造社」，並回國擔任《創造季刊》、《創造周報》等的編輯。又先後在北大、武昌師範大學、中山大學任教。一九二八年與魯迅合編《奔流》。

一九三二年參加中國民權保障同盟。抗日戰爭後，毅然投入救亡運動，並去香港、南洋從事宣傳活動。新加坡陷日後，流亡於蘇門答臘。一九四五年九月十七日為日本憲兵殺害。

他的早期作品如《沉淪》，多屬自敘性質，表現青年的苦悶心理，及無力掙扎的呼聲，同時流露出對祖國的關愛。其後，工人運動日益興盛，促使他轉而描寫勞動人民的不幸，但仍帶深沉的感傷情調，力求社會進步，然猶站在知識分子的立場上，有其蒼白無奈的一面。故世人恆以「浪漫與頹廢」來形容他。他的小說，至少有幾個特點：一、取材新穎，二、描寫大膽，三、自我意識強烈，四、對周遭的環境有敏感的反映，五、愛國、反軍閥，六、反帝國主義者，尤其是日本，七、重個性刻畫，八、常描寫肉慾及性苦悶，九、欠缺剪裁節制，十、情緒變化甚大。

他的散文，成就亦不下於其小說，除了人性、社會性和大自然的調和之外，還表現幽默的情味，這是他的主張，也是自我實踐的重心。「解剖自己，闡明苦悶的心理的記載」；「智與情的合致」：在在與他的小說互為表裏，互相輝映。

他的遊記，如《富春山遊記》等，都是精妙、清暢、飄逸、情景俱勝的上品佳作，後來卜居南洋，也寫了不少異國情調的遊記，足以令人有身歷其境之感。他的才情恣肆，遊記之作，對他來說，可說是牛刀小試。

他的日記也是令讀者難忘的恩物，時而溫煦，時而激越，時或娓娓道來，時或劍拔弩張，但莫不個性宛然，情致俱見，其中《日記九種》裏毫不保留的把他狂戀王映霞的過程一一抒寫出來，尤使當時的青年為之轟動，其書風行一時，洛陽紙貴。不過日記之為物，本貴直抒，有時難免率爾出之，稍少修飾，後來收錄在《懺餘集》裏的《滄洲日記》、《水明樓日記》，可說是更老練成熟的代表作。

他的舊詩，也是民初一家，可與蘇曼殊、柳亞子、于右任等比美，在新文學家中，允推第一。他曾在《骸骨迷戀者的獨語》一文中說：「你弄到了五個字，或者七個字，就可把牢騷發盡，多麼簡便啊！」因此不喜寫新詩，而舊詩之作，則連篇累牘；同時他的氣質和生活方式，也近於舊詩人的「傳統」，譬如抽烟、喝酒、愛女人、喜交友、樂遊山川、好收藏圖書古玩等。名句如「劇憐病骨如秋鶴，猶吐青絲學晚蠶。」「何當放棹江湖去，淺水蘆花共結庵。」「屠狗猶拚弦下命，將軍偏惜鏡中頭。」「最愁陌上花開日，怕聽人歌緩緩來。」等，均傳誦一時。

他的文藝評論著作，也有不少，如《文藝論集》、《小說論》、《戲劇論》等，均有獨特的見解，不人云亦云。《閒書》及《達夫全集》中，也有不少零散的論見。

他的著作浩繁，除前述外，還有小說集《寒灰集》、《雞肋集》、《過去集》、《畸零集》、《敝帚集》、《薇蕨集》、《斷殘集》，長篇小說《迷羊》、《她是一個弱女子》，散文集《達夫遊記》。詩集《達夫詩詞集》、《郁達夫詩詞抄》。翻譯有《拜金藝術》等。

郭沫若的詩

郭沫若這個共產黨人，雖然有學問（他的古文字學是不可抹煞的），也不無才華，早年的《女神》（民國十年）、《星空》（十二年）、《瓶》（十六年）三詩集中，即使佳作不多，但氣勢蓬勃，也表現了一些詩人的想像力，總算在詩史上留下一筆。

但是他本質上是一個老狐狸式的「政治人」，換言之，是一個沒有立身原則的政客，因此在中共政權中翻雲覆雨，幹盡見不得人的事。最近在九龍書店中以六元五角買得一本北京「人民文學出版社」出版（一九七七年版）的《沫若詩詞選》，收集他在民國三十八年後的詩詞二百七十多首。翻閱之下，不禁噴飯，抑且感慨萬千。

這本「選集」中的詩，有新體詩，也有七言舊詩，但除了規規矩矩押韻之外，也不曾遵守一定的格律。至於詩意和詩藝，簡直微薄得近乎破產。可說百分之九十五都是「政治掛帥」，以「詩」為工具，替中共及大陸人民鼓吹及頌揚的，有的已近乎肉麻。

其中比較單純的，如《玉簪花》的第一段：

「乳白的花簪聚插在碧玉梢頭，
一花謝了，一花又開，晝夜不休。
扇形的綠葉把香風扇得和柔，
保持清白，驕氣、嬌氣都不敢有。」

末句已藏有一些「言外之意」，但還不算過分。可是第二段便不免有些口號化了：「我們不需要任何闊氣的享受，但溫暖的陽光定要十分足夠。」不知他自己做不做得到上一句！末二句也算一個象徵：「如果把我們栽種在陰暗偏陬，那就染上官氣暮氣，苗而不秀。」可惜文字節奏過於散文化，難以令人回味。

另一首《菜子花》中大捧農民：「勞動人民是真正的宇宙真宰，為了他們，我們甘願粉骨碎身。」末了則寫出「它」的壯志：

「億萬粒種子榨成金色的油，
油枯還要碾成為肥田的粉。」

《雁來紅》的第二段很有「意思」：

「因此，我們的別號又叫老少年，
含義豐富，有辯證法藏在裡面。
在今天無論是誰都不應該老，
應該是愈老愈紅而愈紅愈少。」

真虧他「別具慧眼」，居然能在一朵花裏看出「辯證法」來，簡直可以比美英國大詩人布萊克（William Blake）了！

還有一首民國四十七年六月「大躍進」時代寫的「民歌」（也不知是他記錄、改編或創作的！）、「太陽問答」，以農民、太陽、月亮、星星四個角色的問答構成。先是農民怪太陽「睡懶覺遲遲起」，「太陽太陽我問你，敢不敢來比一比？」然後是太陽自辯，月亮、星星也代為解釋：「你可把太陽錯怪了：他在夜裏並沒有睡。」本是較有詩意的一首，可惜末了的「合唱」又落了老套：「黨是不落的紅太陽。」真是倒胃口！

還有一些寫景詩，如「石老漢（張家口附近的山頭）與水母娘（當地一塑像）」、「七裏山渠」、「冰洞與水洞」等，到了末段也都大筆一轉，歌功頌德或教訓起群眾來了：「大家都在大躍進，我為什麼——老是坐著看燒香？」諸如此類。

另外幾首表揚、鼓勵兒童、少年的，也都政治味十足，甚至讓人不忍卒讀。「歌頌中朝

（北韓）友誼」的詩選收了十六首之多，《在鴨綠江中弄舟》略有詩意，但仍不忘「百丈高堤聯祖國」。

總之，這是一名中共御用詩人，除了押韻及少數佳句，已瀕於藝術破產的境地。

張愛玲的文學業績

張愛玲，西元一九二一年生，現代小說家、散文家。筆名梁京，原籍河北省豐潤縣，她的祖父是清朝名臣張佩綸，她生於上海，遷居北平，一九二九年又搬回上海。畢業於香港大學，一九四二年香港淪陷於日軍，她才回到上海，從此專心從事寫作，與蘇青、周鍊霞齊名於四十年代。她的成名作發表於袁殊主辦的《新中國》上，即《傾城之戀》。由於蘇青的介紹，認識胡蘭成（亦一散文家，曾附日偽政府），一九四四年與胡結婚，抗戰勝利後離婚，而作品則更為成熟、豐富。一九四九年五月上海陷共，她以梁京為筆名在上海《亦報》寫小說。一九五二年赴香港，又為《今日世界》雜誌寫小說，《秧歌》即連載於此。後來移居美國，在加州柏克萊大學中文研究中心工作。一九六七年曾遠赴劍橋，應雷德克里芙女校之邀聘，擔任駐校作家，後返柏克萊，續在加大任職，不久退休。一九九五年九月逝世。

她的著作以小說為主，有《傳奇》（後改名《張愛玲短篇小說集》）、《半生緣》、《秧歌》、《赤地之戀》、《怨女》、《張看》、《餘韻》、《續集》、《惘然記》等，另有散文集《流言》、評論集《紅樓夢魘》；翻譯有《老人與海》、《愛默森文集》、《鹿苑長春》等。

她的短篇小說，擅長處理男女關係，以及家庭倫理的種種糾葛，在風格上每有濃得化不開之感。她天性敏銳，感受力之強，文學史上罕有其匹，而筆下又流走曼妙，步步芳草。夏志清認為「僅以短篇小說而論，她的成就堪與英美現代女文豪如曼殊菲爾（Katherine Mansfield）、安泡特（Katherine Anne Porter）、韋爾蒂（Endora Welty）、麥克勒斯（Carson Mc Cullers）之流相比，有些地方，她恐怕還要高明一籌。《秧歌》在小說史上已經是一本不朽之作。」

《秧歌》是寫中國共產黨統治下的農村生活。她不但寫活了那些村民，更把共黨的作風和本質，中國人堅毅樸實的民族性，以及若干基本的人性刻畫得淋漓盡致，一共只用了十一萬字，真可謂「尺幅千里」。

《赤地之戀》寫城市中的共產黨員及其他人民，也相當具有震撼力。《半生緣》則寫二次大戰期間的一對情侶，在被烽火拆散後的命運，筆墨平淡渾成，但幾有一字一淚的藝術效果，可以列入世界最佳的自然主義小說中而無愧色。《怨女》是由中篇傑作《金鎖記》改寫而成的長篇，寫一個小家碧玉的女子嫁入富戶的淒苦曲折生涯，以及在她變態生命籠罩下的下一代的悲劇，正好籍此勾劃出中國社會轉型期中，某些傳統力量的腐蝕性。張氏之作，不論人物、情節、對話及氣氛經營，均屬一流高手，因此贏得許多當代小說家的讚賞及仿效。

她的散文也多姿多采，既能敘事，又能抒情，而說起哲理來，又莊中有諧，令人讀之，如對琴音，她善用一波數折的技巧，又往往化舊詞為新語，同時自鑄新詞，時出詩的比喻，加上傳神的寫照，敏銳微妙的感受，以及出色訝人的慧思，在在沁人肝脾，而且口碑載道，征服了高品味讀者的心。

張愛玲的小說世界

張愛玲是中國現代小說史上最重要的作家之一，若以她的小說中的文字、結構、象徵技巧、氣氛經營等表現來看，我們更可以肯定地說：她是新文學史上首屈一指的小說家，在整個世界文壇上亦當有其獨特的地位。人們每以張氏作品題材較狹，喜歡以亂世男女作為刻畫的對象，來貶抑或懷疑她的重要性。但讀過《秧歌》和《赤地之戀》的人，都當肯定張氏的小說世界絕不自囿於風花雪月或愛惡情慾，她也能處理時代問題、政治現象，甚至剖視民族性、制度與人性之間的錯綜關係。何況，就是退一步說，她的《半生緣》、《怨女》、《傳奇》（即《張愛玲短篇小說集》）諸作，不論就那一個角度看，都是第一流的自然主義小說，人們對於自然主義或寫實主義作品所期求或認定的諸特質，此三書中均有正面的展示；至少，張愛玲的這些作品，已足以使她成為中國的哈代。

當然，張愛玲一直到逝世，還沒有寫出一部像安波特的《愚人船》（*Ship of Fools*）那樣的鉅著，但是試比較她和奧斯汀、勃朗蒂、吳爾芙夫人等英國女小說家，我們認為她實在毫不遜色。也許研究英美文學的專家們，應該在這方面悉心的做一些比較批評的工作，那樣，相信當會更有力地肯定張愛玲的文學史地位。

我是一個小說的資深讀者，歷年來所讀中、外小說，不下兩千部之譜（尚不包含通俗小說在內），而且也曾創作小說，並從事小說評論，（其中包括《評介張愛玲短篇小說集》在內）對張愛玲小說傾倒的程度，雖不逮水晶先生，亦可謂一往情深，近年來雖有更多的機會閱讀三十年代的一流小說家老舍、魯迅等的作品，張氏在我心目中數一數二的地位，仍未稍有改移，若干曾獲諾貝爾文學獎的小說著作，比諸張氏的代表作，亦覺微有不及。此一信念，促使我去秋在臺大中文研究所新開「現代文學專題討論」一課時，決定以張愛玲小說為主要討論對象。

一學期三學分的課，我與十五位中外研究生共同參與十四週的探討、報告、辯論及講評，雖然其間還談及整個現代文學的問題，並討論姜貴的代表作《重陽》等，但大部分的心力都投注在張愛玲的小說世界。期末的書面報告，亦以張愛玲小說為主要範疇。

各位同學花費了兩到三個月的時間，以不同的題目撰述個人對張愛玲小說的閱讀心得及見解，兼及若干批評家及堂上討論時大家的意見，完成了十多篇論文式的報告，其中本地生的六篇，均頗出色，且不乏難以刪削的佳作。其中如曹淑娟的《張愛玲小說中的日月意象》、郭玉雯的《張愛玲小說中的女性》、沈冬青的《從人物塑造和寫景談張愛玲小說的語言》等，尤為可稱。各篇我都曾仔細讀過，並稍加修改及潤色。另外王文進本有意自張愛玲小說中的人道精神落筆寫一篇新文字，惜因態度過分慎重，未克如願，只有俟諸將來。

本書雖非一體系完密的著作，但萃集各生之所長（他們中的一部分已在大專任教），收納於一卷之中，對張愛玲小說的讀者及研究者，必有相當的貢獻。

思果的散文

思果，西元一九一八年生，現代散文家；原名蔡濯堂，又名蔡思果。江蘇省鎮江縣人。曾任銀行職員二十年，退休後任香港《讀者文摘》中文版編輯，並兼職中文大學翻譯中心。後旅居美國辛辛那提州，又曾在關島工作。一共寫了四十年的散文，譯成了二十本書，研究了近十年的翻譯。一九七二年出版《翻譯研究》一書，供中文大學校外進修高級翻譯文憑班作教材。

他為人和平敦厚，且富有幽默感。其早期散文充滿了人生趣味，文字謹嚴而自然，平和而富內蘊，即使幽默的片段，也予人一種敦厚質樸之感，格外耐人尋味，他對人生採靜觀默省的態度，但又絕不是以「超然」自詡的作壁上觀。他熱愛人生，關懷人間種種的人情物事，但却用一種溫和、泰然的方式來會遇一切，面對一切。他是一位天主教徒，這對於他的生活方式及作品內容，自然不無影響，晚年信道日篤，連文字的詼諧面也無形間自我否決了，莊語中偶屬說教，自是不如中年了。赴美後，時作寫景體物之雜文，又別是一格。大體說來，他是一位淳厚的君子，而非刻板迂腐的道學先生。

他的文字，不僅學者愛讀，詩人愛讀，一般穎慧的中學生也能讀得津津有味，儘管他們未必能體味文字背後的意蘊。

他的散文可以用淳、實、趣、富四字來形容。「文如其人」大概最適用於思果先生。諸如：「即使在那幸福無知的孩提時代，我們有時也會被『等我長大了……』那一念所襲，然後就是一連串的等我怎樣怎樣的宏願。在等候中，新的等候常會無緣無故的來臨，苛待我們……」實在是閱歷有得的肺腑語，思果說得莊重而不失輕鬆，使人對人生的種種不禁釋然地呼出一口氣來。他對英國十八、九世紀的小品文家熟悉得很，文中偶引成言，常得紅花綠葉之妙。尤其他對藍姆（Charles Lamb）更是傾倒之至，引用時的譯筆又不失信達雅，所以他的散文時有左右逢源、挹之不盡的感覺。同時對於中國的典實和風俗，他也並不陌生，故能相得益彰。

對於川流不息的歲月，他在《一天的刑罰》這篇妙文中，有不少平實又解頤的說法，如「我覺得星期一有星期日賸下來的懶散，或出遊過勞的疲倦在身，又有一種面對工作的勇氣和決心，大有今後要做一番事業的氣概。……」另有一種自述文字，像《失學》、《我的太太梅醴》，又真摯得讓人不忍說作者是善於顧影自憐的。他初到公司做事時被迫填了一個假學歷，日子一久，「我在那間公司的地位漸漸穩固，而且也做出了招牌，有一天我和東家說了，我要把履歷要回來重寫。他起初很為不解，倒也答應了我的請求。這一次我在『學歷』一欄，重新填上了『自學』。」那是何等坦蕩的傾訴；他把妻子比作飯食和可口的青菜，娓娓訴說夫妻之道，厚實得令人嘆為觀止。

至於他的幽默文章，如《談寫信給明星》、《讀者會見記》、《我要編一本新尺牘》、《變性的玩意》等，都是讓人噴飯的作品，可又不無人生的理蘊在內。《文字的命運》更以短劇的形式想像諷味十足的情境，令人忍俊不住而又怵然警惕。

誠誠懇懇而又變化多端，寫人事勝於描自然，可說是思果的散文給讀者的總印象。

他的散文集有《私念》、《藝術家的肖像》、《沉思錄》、《思果散文選》、《河漢集》、《看花集》、《香港之秋》、《雪夜有佳趣》、《霜葉乍紅時》、《沙田隨想》、《黎明的露水》等。

余光中及其文學業績

余光中，西元一九二八年生於南京市。現代詩人、散文家。福建永春人，筆名光中、何可歌、盛夢平。高中時就讀於南京，後入廈門大學，來臺後轉學臺灣大學，一九五〇年畢業於臺大外文系，服役後嗣即任教於臺灣師範大學，一九五八年往美國愛奧華大學國際作家研究室，一年獲藝術碩士，一九六四年應美國國務院之邀，赴美擔任布萊德里大學、中密西根大學、賓夕法尼亞州立大學、西密西根州立大學客座教授，一九六五年後又任教蓋提斯堡學院、紐約州立大學。一九六六年返臺，仍在師大教書。後又任美國丹佛私立寺鐘女子學院、政治大學教授，一九七五年任香港中文大學中文系系主任，一九八五年任國立中山大學文學院長。

他從中學時代即開始寫詩，早有文名，為藍星詩社（一九五四年創立）發起人之一。他的詩可分八期：一、一九四九～一九五七年，浪漫時期，此期詩風深受英國浪漫詩人雪萊、拜倫、濟慈、柯立芝等的影響，多押韻，講究格律，代表著作為《舟子的悲歌》、《藍色的羽毛》、《天國的夜市》等。二、一九五七年後半到一九五九年，陽剛時期，《鐘乳石》、《西螺大橋》可作為代表。三、一九五九後半～一九六〇年，懷鄉期，此時作者在美，《萬聖節》為其成果。四、一九六一年～一九六三年，古典時期，此時深受宋詞影響，如運用三連句即其一端，《蓮的聯想》是其成品。五、一九六一～一九六九年，部分與上期重疊，可稱為現代時期，著有《天狼星》、《五陵少年》、《在冷戰的年代》，現代意識較強，探討死亡、戰爭、時代動亂、生存等課題。六、一九六四年～一九六六年，亦與上期重疊，可稱民族意識期，《敲打樂》一集為代表作。七、一九七〇～一九七四年，新古典時期，《白玉苦瓜》為代表，懷舊而復創新，手法亦較為古典。一九七四年後半到今，可稱綜合寫實期，著有《與永恆拔河》、《隔水觀音》、《紫荊賦》、《夢與地理》等，大致融合以上各期風格，而以生活寫實為主調。

他的散文亦獨成一家，能寫景，也能抒情，偶抒哲思，亦有幽默感，早期、中期之作多運用詩的句法，近作已較老成平淡。著有《望鄉的牧神》、《青青邊愁》、《焚鶴人》、《逍遙遊》、《記憶像鐵軌一樣長》、《憑一張地圖》等。

評論集有《掌上雨》、《分水嶺上》等，文筆犀利中肯。翻譯有《英詩譯註》、《老人和大海》、《梵谷傳》、《錄事巴托比》、《不可兒戲》、《英美現代詩選》、《土耳其詩選》等。他的譯詩尤其講究，文字、聲律、節奏、形式，都儘量保存原作模式及意趣，所譯美國詩人愛倫坡的《大鴉》、《安娜貝李》等允稱妙品。

羅門及其文學業績

羅門（西元一九二八年～），現代詩人、批評家。本名韓仁存，廣東文昌人。藍星詩社大將。

他因為大陸淪陷，少年來臺，就讀空軍幼校、空軍飛行學校，曾任空軍飛行員，後因打足球受傷，提前退役，改入民航局服務，曾赴美國奧克拉荷馬州航空學校受訓數月，現已退休，專事寫作，並經常參與藝術家的活動，與畫家林壽宇、莊喆等結為好友，為藝壇之知音與藝評家。

他從事現代詩創作已有四十多年，詩風堅實，為陽剛派巨擘，以意象繁富、想像卓特見稱。而且不時發表評論，四出演說、座談，對年輕的詩作者及讀者發生宏大的影響力，現在藍星詩社中擔任社長，先後主編《藍星》詩刊、詩頁、年刊，頗有貢獻。

他的詩一貫地剛強、濃醇，「大風起兮雲飛揚。」對現代的事物及人間現象特別敏感，而又懷抱傳統人文主義的理想，儼然以詩人中的貝多芬自視，高唱人類的心靈之歌，力抗物質文明的急驟潮流。

早期作品收集在《曙光》（一九五八年）一集中，大部分不免過於直率，用喻亦連根帶葉，主題明朗，且富有浪漫情調，論者以為其風格在拜倫與惠特曼之間。如《城裏的十字架》、《英雄頌》等。之後技巧更進步，內容也更深刻；意象繁美，節奏上波瀾起伏，氣勢上盤旋變化，使他成為詩壇上重要的一人。《第九日的底流》、《都市之死》、《死亡之塔》是他六十年代最重要的三組代表作，前者標有副題「獻給樂聖貝多芬」，乃是在現實中追求永恆之境的一系列回響：

而在你音色輝映的塔國裏
純淨的時間仍被鐘錶的雙手捏住
萬物回到自己的本位，以可愛的容貌相視
我的心境美如典雅的檯布，置入你的透明。

《都市之死》探討現代文明的癥結及現代人的墮落與悲哀，《死亡之塔》由紀念亡友覃子豪出發，探究生與死的嚴肅問題。間或創作小品，其思雖巧，其辭反覺生硬，後期作品如《升起的河流》、《天安門廣場印象》、《時空奏鳴曲》等，奇喻屢見，較善剪裁，亦膾炙人口。

他曾在《羅門詩選》自序中分述他的作品內涵：一、透過戰爭的苦難，追蹤人的生命，二、透過都市文明與性，探討人生，三、表現對死亡與時空的默想，四、透過對自我存在的默想，表現生命感，五、對大自然的觀照。六、其他生存情境的探索。

除前述者外，他的詩集尚有：《曠野》、《有一條永遠的路》、《日月集》（與夫人蓉子合集）、《第九日的底流》、《死亡之塔》、《羅門自選集》、《隱形的椅子》、《整個世界停止呼吸在起跑線上》等。論文集《現代人的悲劇精神與現代詩人》、《心靈訪問記》、《長期受著審判的人》、《時空的回聲》、《詩眼看世界》。他的文藝理論可謂體大而思博，但氣壯理直之餘，也不免有排山倒海、欲罷不能之勢，而且前後常重複強調自己的主要理念，有時用喻過多，反而令讀者不能一目了然。

羅門、蓉子詩的比較

羅門、蓉子夫婦，是馳譽國際的中華民國名詩人，兩人結儷四十年，互相依存，彼此影響，但仍各具特性，本文謹以簡約的方式論述二人詩作的異同。

他們的詩，至少有三同：

一、同具博大的人道情懷，流露一種大我之愛，且關懷人類的命運。

二、是現代詩人而兼具若干浪漫情懷。兩人之為現代詩人，乃是有目共睹、無可爭議的事實，但他們却仍保有浪漫主義者的某些情懷，譬如對英雄的崇拜、熱情的洋溢，乃至水仙花式的自戀。還有，不約而同地，他們的若干作品，（尤其比較早期的），都比較欠缺剪裁，情到筆到。

三、擅長用譬喻，也喜歡用譬喻：羅門的比喻多采多姿、變幻出奇（詳見拙作《羅門詩的二大特色》，載於臺北文史哲出版社所出版的《羅門蓉子文學世界》一書），蓉子雖不似羅門那麼才氣縱橫，但也喜愛運用各種比喻。相對地說，他們在詩中用「興」者便較少。

而羅門、蓉子二位在詩中的表現有更多的不同之處，我根據多年閱讀、觀照的結果，把它們歸納為十一異：

一、羅門主要是一位陽剛的詩人，氣勢磅礡，元氣淋漓。他的重要代表作之一《麥堅利堡》（寫菲律賓軍人公墓）便是一首如假包換的陽剛派佳作，而他的長詩《死亡之塔》、《都市之死》、《第九日的底流》等，也莫不以陽剛為主調，令人在低徊之餘，更感受到一股凜然之氣或悲壯之勢。有時偶作小品，反覺其婉約之致不足。相對的，蓉子則為一位婉約溫柔的詩人，詩如其人，有時柔情似水，有時抒寫如錦，但她亦寫過不少首柔中見剛、婉中出豪的作品，有如宋代詞人李清照，這和她身為職業婦女或有若干關係，代表作如《七月的南方》即為顯例。

二、羅門的作品以長詩及組詩（如《第九日的底流》、《都市之死》等）為重鎮，小詩、短詩，不是他所擅長的。蓉子雖亦不乏長詩（如《七月的南方》、《彩色世界》等），但是她真正擅長的是十多行到二十多行的短詩或中度詩，這樣的篇幅正宜於她的抒情格調。（當然，羅門的長詩有時不免有局部累贅之失。）

三、羅門具有相當強烈的前衛色彩，可說是藍星詩社最前衛的詩人，蓉子則恰好相反。

四、羅門詩具有豐富的思想性（詳見《論羅門詩的二大特色》），蓉子詩中當然也表現一些她的思想，但相對地較為單純。

五、羅門時有詭異譎變之作，蓉子則極少此類作品。這和前衛精神自然也有關係。

六、蓉子是一位虔誠的基督徒，詩中時或流露有關的宗教訊息或虔敬情思，羅門則沒有正式的宗教信仰。但是羅門擁有另一種宗教，即對詩和藝術的狂熱信仰及愛慕，始終如一，生死以之，其虔誠恐怕更勝於一般信徒之於宗教。

七、羅門時有大開大闔之筆，蓉子則往往採取細水長流的表現手法。

八、羅門詩中富有批判性，蓉子則以「擁抱」世界為主，批判之作雖間或有之，畢竟不是她生命中的主流。

九、羅門的作品常有「無我」的傾向，多多少少隱藏了小我，（早期作品例外），頗合艾略特（T. S. Eliot）的詩觀，蓉子則以「有我」為主，常採第一人稱寫法，有時表面上用「妳」、「她」，其實仍然意指自己。

十、羅門不時展現多元追求的傾向，可說是「藝術上的多妻主義者」，蓉子反是。羅門對各種其他文類、繪畫、雕塑、音樂、建築、舞蹈等，均有所傾心，而且隱然有熔之於一爐的野心。

十一、蓉子所受的影響，以中國古典傳統及現代中國文化為主；羅門則以西方的影響更顯著，不過近年來已漸有轉變的現象，即中西兼包，日趨中庸之道。

總之，夫婦雖可說是「一體」，在文學創作上却是各有擅場，各具風格，誰也不屈從於那「另一半」。

女性作家與文壇

民國十八年四月二十三日，正好是六十一年之前，胡適之先生寫了一篇《三百年中的女作家——「清閨秀藝文略」序》。此文除了介紹單士釐女士所編著的《清閨秀藝文略》一書之外，更討論到女作家及其著作在中國文學史上的地位與意義。

由明末到民初，中國竟有二千三百十位「女作家」，當然是十分驚人的事情！但是仔細考究，則知所謂「女作家」，其實只不過是女性作者而已，寫過書的（那一類所占比例很有限）固然有，只寫過一兩篇文章或幾首詩的也不在少數。這樣想一想，便會覺得毫不稀奇了。

該書中的「女作家」，江蘇籍的有七四八人，浙江籍七〇六人，安徽籍一一九人，僅此三省，已占百分之六十八，足見江南文風之盛。胡先生分析女作家多的原因，一是環境雖對女性不利（按：此點可參看英國小說家吳爾芙夫人《自己的屋子》一書中所論），而天才終是壓不住的；二是「書香」人家，環境本不很壞，有天才的女子在她父兄的文學環境下受了薰染，自有一些成就。不過，「這三百年中女作家的人數雖多，但她們的成績都實在可憐得很。她們的作品絕大多數是毫無價值的。」這一段話真可說是春秋之筆！

換句話說，如果以單女士的標準，那三百年中的男作家，恐怕還不止兩三萬人呢！而那兩千多位女作者中，如果以比較嚴格的尺度來衡量，很可能還不到五十人配稱為「作家」！

五四、三十年代，有名的女作家如冰心、廬隱、凌叔華、蕭紅等，也不超出十人。

然而，六十年後的今天，中國文壇（尤其是自由中國文壇）上，女作家的數量不但劇增，而且她們的成就，她們的影響力，她們作品的銷售量，卻已有驚人的成長！

回溯四十年前，政府剛遷臺不久，女作家還戔戔可數，除了在大陸已成名的蘇雪林、謝冰瑩等少數幾位前輩外，最多不過徐鍾珮、林海音、鍾梅音、張秀亞、張漱菡、邱七七、潘人木、艾雯、郭晉秀、王琰如、孟瑤、琦君、蓉子、沉思、彭捷、以及身在香港而作品多在臺灣流行的張愛玲等十幾位而已，後來陸續嶄露頭角的雖然不少，跟男作家比起來，不論作品的質量，以及影響力，都還瞠乎其後。（當然，其中已有大家出現。）

到了六十年代，女性作家的流行已漸成事實，如叢甦、陳若曦、歐陽子等紛紛崛起。暢銷作家中，位居冠軍的也往往是女作家。而張愛玲在小說界的影響力也如日中天。

七十年代，女作家水漲船高，雖然還不能說已蓋過男作家，卻已有平分秋色之勢。此期的三毛、席慕蓉等，不僅讀者多，銷路好，其作品品質亦有可稱之處。

八十年代，女作家的聲勢益盛，尤其小說、散文作家中，受重視的新秀已以女性居多，可謂「後來居上」，有人甚至以「陰盛陽衰」來描述當下文壇，雖不免誇張，也未必全然失實。而且由於「排行榜」的盛行，女作家吃香更吃香，有些男作家已經有點「沉不住氣」了。好多個月的十大文學暢銷書中，男作家只有一二位（如林清玄），幾成一面倒之勢。

為什麼會形成這種情勢？依據我的觀察，至少有以下五個原因：

一、社會逐漸重視女性，以往歧視女性的意識，已銳減至極低程度（部分鄉村及偏僻地區似仍為例外，但那些地方本與文學和文壇的關係較少），因此女性的才華及著作較易受肯定。

二、職業婦女增加，女性生活圈子加大：在寫作與家庭之間，魚與熊掌似未嘗不可兼得；此際臺灣女性作家的處境，不但遠勝於明清時代，而且比十九世紀的英國也好得多了。

三、臺灣經濟繁榮，生活安定而富庶，女性作家的作品似乎更能適應或「配合」（我不敢說「迎合」）這一社會型態。

四、報紙副刊的栽培：許多女作家，如前述的三毛、席慕蓉，及蕭颯、蘇偉貞、袁瓊瓊、蕭麗紅、朱天文、朱天心、施叔青、李昂等，都曾受許多副刊（尤其大報副刊）的青睞，予以密集式的刊載，甚至更多方加以揄揚、推廣，故她們的「聲勢」遂像滾雪球一般，日益龐大。當然長期為副刊寫稿，在品質上亦難免幾分通俗化的趨向。

五、女讀者的偏愛及擁護：根據可靠的統計，近十年來的臺灣文藝書籍，其購閱者十之八九為女性，包括大中學校學生、家庭主婦、職業婦女等，她們的愛好也偏向女作家的作品——尤其是抒情性或感性強的作品，因此女作家大為「利市」，男作家相對失色。

這種不平衡的現象，如何才能扭轉？

一、我認為不妨順其自然，到了社會型態有新轉變時，自然會有關鍵性的轉機。譬如近兩年的政治開放及波動，勢必對文壇造成某些影響，一兩年後當可清楚地看出。

二、批評家應負起更大的責任來，不論男女，揚「善」抑「劣」，對未受市場重視的好作品有系統地分析、評介、推薦，使讀者不再一窩蜂地偏向一隅。

三、作者應自我約束，不向流行靠攏，也不在有意無意間助長一種或可稱為「女性文化」的文學傾向。當然，我們並不贊成有意地「打擊」或壓抑女性作家及其作品。

白先勇和他的小說

西元一九三七年～，現代小說家，祖父白志書，原籍江蘇省南京市水西門，是回教教民；太平天國起義時，遷到廣西省桂林市。父親白崇禧，生於桂林，是當代名將，亦為桂系主力人物之一。先勇一九五六年考入國立成功大學建築系，一年後重考，入臺灣大學外文系。一九六〇年三月，他與同班同學王文興、陳若曦、歐陽子、林耀福等創辦《現代文學》雜誌，自編自寫，一共維持了四年，直到五十二期才因經費等因素停刊。七十年代又告復刊。一九六三年他到美國愛奧華大學的「作家工作室」去創作研究，一九六五年獲藝術碩士學位，隨即擔任加州大學講師、教授，教中國文學，以迄於今。其間屢次返臺，參與評審、演講等活動，且為《現代文學》之復刊奔走。一九六九年，他與乃兄等在臺北創辦「晨鐘出版社」，出版創作及翻譯文學作品甚多。

他從中學時代即開始寫作小說、散文，最初在學生刊物投稿，大學期間，一篇《玉卿嫂》

一鳴驚人，且受夏濟安教授（《文學雜誌》主編，臺大外文系教授）教導及賞識，遂成當時年輕一代中的佼佼者。

他的短篇小說以《臺北人》為代表作，其中如《永遠的尹雪豔》、《一把青》、《金大班的最後一夜》、《遊園驚夢》、《國葬》等，均膾炙人口。這些作品大都寫於一九六五年至一九七〇年間，人在美國，却抒寫故國人物，多是老一輩的男男女女，成長於大陸時期，且多半享有一段輝煌、體面的生涯，到了臺灣，已有沒落或垂暮之感，作者細寫其裏裏外外的生活及心態，入木三分，文采炫人，又時出意識流筆法，論者或譽為張愛玲後第一人。而其中若干篇，似對桂系人物不無迴護之意。

一九八三年問世的長篇小說《孽子》，是他以男性同性戀為題材所作的寫實小說，由於作者對題材及人物的熟悉，寫來得心應手，前半尚稍嫌冗長，後半更能以人道的情懷抒發經營，頗為感人。

其他著作還有《謫仙記》、《寂寞的十七歲》、《遊園驚夢》（部分內容與《臺北人》雷同）、《紐約客》等。

在八十年代中期，白先勇曾二度返國，為他的《遊園驚夢》改編為舞臺劇奔走，他自任編劇，並擔任舞臺演出事宜的顧問。正式上演以後，因成績出色，轟動一時。又有籌拍電影之議，但終未能付諸實現。不過他的《金大班的最後一夜》已由姚煒等拍成影片，叫好又叫座。

總之，白先勇是六十、七十年代臺灣最受矚目的小說家之一；到了八十年代，仍餘波盪漾，久而不散。

三毛的散文

三毛的散文好在真。

九分的真，另一分的虛構出自有意無意之間，也正是為了玉成那九分真。

既靈巧，又淳厚，好像是鐘惺、譚元春文學理論的實踐者，但是他的文字全沒有竟陵派的拗澀。

跟當今的女作家相比，她的人工味比曉風少，而又比前輩的琦君多變化——巧些。

她的其他長處有：泛愛（近乎博愛的那種，幾乎澤及草木），有正義感，感受力強，想像力也夠豐富，她原可以成為詩人的——她也寫過歌詞、新詩，但終於投向散文和小說的胸懷。

她還有些詭譎——屬於少女的，少婦的，文人的，聰明人的，現代文明人的，帶有浪子意味的，異國情調的詭譎。

她愛冒險，也愛平實的家庭生活，這些都流露在她的文字裏。

她很女性，但也不時透出一些男性氣概，譬如在《撒哈拉故事》裏，她有時候比荷西更有英氣——得理不饒人，勇往直前；當然，時而仍逸出一些女性的嬌——有一點近乎向天地撒嬌的意味。

她的脂粉氣極少，但比詩人林泠多幾分入世氣息。

她也有少許做作的時刻，非常有限，也許不是銳眼的批評家者流不易察覺。

她的柔聲細語中也有一些大嗓門，在你冷不防的時候「亮」出來，使你愕然，或嚇了一大跳，不過隨即發出會心的微笑。

在作品裏，她有時是半個嫘祖，有時是百分之一的女媧，很多時候是李清照、愛彌麗・狄瑾蓀或愛彌麗・勃朗蒂，當然這只是個比方，並不是說已經有那麼「偉大」。

她的文字灑脫自然，但自有一種氣韻流注其間，她一定善於修潤自己的文章——不是求更多的文采，而是追尋那種若有若無的旋律美。

她似乎不大抉擇題材，但這正是她多少超越一般閨秀作家的關鍵之一。

她在文章裏不免有「情餘於詞」的時間；非常偶然地，她也會多說一兩句不一定有用的漂亮話。

她善於融化，自己的創意，往往化入無痕。

她是小說家嗎？以嚴格的定義說，還不能算。

她是一流的散文家？可以說是。如果以文學史的眼光看，她至少已企及一流半的境界。

她所引起的「旋風」，跟她的傳奇色彩與親和力有關。但她也有孤僻或孤獨的一面，正如全世界所有的作家藝術家一樣。

三十年代文學的教學

三十年代的文學，其成就以小說為最，散文、新詩、戲劇次之。個人多年來雖在大學中講授新文學，但限於政府及學校的規定，直接講授三十年代文學作品的機會很少，除了在拙著《中國現代詩》中對三十年代的重要及次要詩人有所評介外，只講過沈從文的短篇小說，以及戴望舒、馮至、李金髮等的詩。但是如今情勢轉變，三十年代文學已部分開放，今後對此一時期文學作品的教學，自然將予以加強。茲就個人的經驗及構想，略分數點論述之：

一、背景及流派的介紹

在原則上，我認為三十年代的文學之教學，應該跟教其他時期的文學作品一樣，一視同仁，不應以特別推崇或特別貶抑的態度來從事。但是三十年代（按指一九三〇年到一九三九年間，有時略加展延，甚至跟四十年代聯成一體）的文學，確實有其特殊的背景及發展模式，所以在教學時應儘可能的介紹、評述此一大背景，由史的了解延伸到面的辨析。

除了五四運動、世界大戰及國內政局的動盪不安、共產黨及共產思想的孳長、啟蒙時代的種種特色外，各主要文學流派的逐漸形成及相剋相生的關係，亦舉足輕重：

新月派：包括徐志摩、聞一多、胡適、朱湘、梁實秋、余上沅、沈從文、卞之琳、臧克家、孫大雨、陳夢家、梁宗岱、曹葆華等。主張自由創作，反對文藝受任何束縛。成就偏重於詩。

文學研究會：沈雁冰、鄭振鐸、周作人、許地山、郭紹虞、蔣百里、王統照、葉紹鈞、朱希祖、孫伏園、朱自清、耿濟之等，主張為人生而藝術。與創造社長期對峙。

創造社：郭沫若、成仿吾、郁達夫、田漢、張資平、鄭伯奇、王獨清、穆木天、馮乃超、葉鼎洛、王以仁等。原主為藝術而藝術，後來（一九二六年後）郭沫若等轉為革命派，大倡革命文學；郁達夫等則轉向個人本位的文藝觀。

現代派：以戴望舒、杜蘅（戴克崇）、施蟄存、劉吶鷗等為主，一九三二年五月創辦《現代月刊》，故有現代派之名，是中國最早的現代主義者，受西方象徵主義等思潮的影響。

此外還有蔣光赤、錢杏村、孟超等的「太陽社」，魯迅、臺靜農、韋素園、韋叢蕪、李霽野、曹靖華等的「未名社」，穆木天、蒲風、楊騷、任鈞等的「中國詩歌會」，馮至等的「沉鐘社」等。

總之，三十年代的文學發展，可說是百花齊放，萬流交注。

同時，介紹學生參閱夏志清的《中國現代小說史》、侯健的《文學革命到革命文學》、痖弦的《中國新詩研究》、周伯乃的《早期新詩的批評》、舒蘭的《北伐前後的新詩作家和作品》、司馬長風的《中國新文學史》、龍雲燦《三十年代左翼文壇現形錄》、葛浩文《漫談中國新文學》、蘇雪林《二三十年代作家與作品》、王德威的《眾聲喧嘩》等參考書。

二、重要作家的評介

三十年的重要作家頗多，至少包括以下諸人：

小說家：魯迅：代表作《阿Q正傳》、《藥》、《故鄉》等。老舍：代表作《駱駝祥子》、《四世同堂》三部曲（《惶惑》、《偷生》、《飢荒》）、《離婚》等。沈從文：代表作《長河》、《邊城》、《菜園》等。茅盾：代表作《幻滅》、《動搖》、《追求》、《子夜》等。巴金：代表作《寒夜》、《激流三部曲》（家、春、秋）、《愛情三部曲》（霧、雨、電）等。郁達夫：代表作《沉淪》等。蕭紅：代表作《生死場》、《呼蘭河傳》等。蕭軍：代表作《八月的鄉村》等。葉紹鈞：代表作《火災》、《倪煥之》等。張天翼：代表作《一年》、《蜜蜂》等。另有靳以、鍾敬文、丁玲、廬隱、張資平、端木蕻良、李劼人等。

詩人：徐志摩、聞一多、朱湘、郭沫若、俞平伯、王統照、陳夢家、梁宗岱、馮至、何其芳、李金髮、戴望舒、卞之琳、李廣田、王獨清、穆木天、馮乃超、廢名、冰心、孫大雨、臧克家、艾青、辛笛等。

散文家：周作人、魯迅、朱自清、郁達夫、徐志摩、許地山、夏丏尊、豐子愷、廢名、蘇雪林、冰心、謝六逸、孫福熙、梁遇春、陸蠡、林語堂、梁實秋、陳西瀅等。

戲劇家：曹禺、田漢、夏衍、吳祖光、歐陽予倩、余上沅、熊佛西等。

各就其生平、題材、風格、技巧（包括結構、象徵、意象、節奏感、韻律、敘事觀點、時空處理、人物、對話、情節等）、思想與人生觀、所受影響等加以論析或探討，並加評議。

三、作家比較

一方面乃就三十年代同時代的作家加以比較。如沈從文與老舍的比較：

沈從文的人物多為鄉下人、士兵、小人物，偶有知識分子，他對於人物，賞鑑、同情者居多，即使有諷刺，也出之以溫柔敦厚之筆，顯示他對人生的態度大致是樂觀的，肯定的；老舍的人物多為城市人、商人、知識分子等，偶有鄉下人。他對人物的態度：或同情，或諷刺，或認同（尤其對懷舊而不接受新時潮的人物）。

沈從文用細膩之筆寫背景寫人物，而又能保持距離，以作美感的觀照；老舍則不耐細寫背景，人物亦多以對話與動作來呈現，他跟人物的距離有時比較逼近，有時略表現不平之氣，有時亦能保持中庸的距離。

沈從文一貫篤實溫厚，老舍時出冷嘲熱諷，寫實與幽默兼勝，有時不免流於油滑。但他們對人生的態度，仍多寬懷大量，且能以理性處理題材，較少採否定觀點。這是他們跟同時代其他小說家如魯迅、茅盾、巴金不同之處。

第二方面，可以三十年代作家與近期作家比較：如沈從文與黃春明，均為鄉土小說家，但沈從文更精緻、更優雅，黃春明則有一種質樸渾成的魅力。如魯迅與陳映真，陳映真顯然受魯迅影響，魯迅的文化素養更高，但就某些作品所展示的藝術造詣而論，陳映真自有「後出轉精」之處。如沈從文、張愛玲（代表四、五十年代）、白先勇（代表六、七十年代）題材、技巧雖有不同，但他們對人物外型、心理、服飾、道具等的寫照，各有擅長，後先輝映。

四、作品比較

如以沈從文的《菜園》和老舍的《老字號》相比：

《菜園》中的玉太太和她的兒子，個性突出，但言語及動作都很節制，沈從文運用了很多象徵，包括菜園（後變為花園）、不同對象所呈現的白色等，老舍筆下的辛德治却富有類型性，是一個標準的舊時代的小人物，老舍多用直接方式抒寫新舊兩店、主角及周圍的正反面人物。《菜園》看似平鋪直敘，其實波瀾起伏，而主要人物皆具自主性，連玉夫人最後的自盡亦有其自由意志的積極意義，《老字號》則看似情節複雜，其實結局幾乎在讀者意料中，辛德治是無可奈何的時代犧牲者，面對變局，手足無措，只有坐待倒閉。不過《菜園》和《老字號》本身都是變遷時代的一個有力象徵，這又是異中之同。

在教學方式上，除了教師講授，學生討論及試講亦往往有相當成效。或由一、二學生主講，他生問難，教師講評。

五○年代的臺灣新文學運動

「(二十世紀)五○年代」的定義時有分歧，或指一九五○～一九五九年，或指一九四○～一九四九年，或指中華民國四十年到四十九年。本文採取第一種說法。

所謂「文學運動」，其定義及範疇應指以下三部分：

一、某一時期的文學思潮——包括文學理論及實際批評在內。

二、各種文學團體及重要的文學活動——包括結社、宣言、論戰、出版等。

三、該期之重要作家及其代表作。

本期有不少愛國作品。愛國作品自宜珍惜，但就比例而言，五○年代成功的愛國(含反共)作品除紀弦的《在飛揚的時代》、楊喚的部分愛國詩、張愛玲的《秧歌》、《赤地之戀》(她人雖在香港，部分作品發表於臺灣，其他作品亦在臺灣流傳，故亦宜歸入臺灣文壇)、司馬中原的《荒原》、姜貴的《旋風》及潘人木的《如夢記》、端木方的《殘笑》等，亦不多覯。

本文不重視文學獎與得獎作品。其實全世界的文學獎，包括最權威的諾貝爾文學獎、普立茲文學獎、芥川文學獎等在內，多有遺珠之憾，甚至捨一流作家而取二流作家，否決最佳作品而薦舉次佳作品。知者見怪不怪；討論文學史或文學運動史，實在不必過分強調作家、作品之得獎與否。

本期中的重要作家，可分四類，茲一一予以列舉：

一、詩人：如紀弦、覃子豪、鍾鼎文、余光中、方思、羅馬（商禽）、楊喚、黃用、吳望堯、羅門、瘂弦、洛夫、張默、夏菁、季紅、周夢蝶、葉珊（楊牧）、黃荷生、薛柏谷、白萩、阮囊、敻虹、張健等。

二、小說家：潘人木、師範、司馬中原、陳紀瀅、朱西寧（其代表作《驢車上》、《新墳》、《偶》、《大布袋戲》等均成於此期）、段彩華、王敬義、叢甦、張愛玲、白先勇、水晶、陳若曦、潘壘、徐尹秋、吳濁流、聶華苓、於梨華、姜貴、廖清秀等。

三、散文家：如思果（五〇年代最重要的散文家，人在香港，作品亦時在臺灣發表及出版，代表作有《藝術家的肖像》、《沉思錄》、《私念》）、洪炎秋、葉榮鐘（是土生土長的前輩作家）、林語堂、梁實秋、梁容若、吳魯芹、葉曼、林海音、張秀亞等。

四、戲劇家：如李曼瑰、劉非烈（他的廣播劇曾風行一時）、王方曙、丁衣、張永祥、趙琦彬、徐天榮、李行、白景瑞、宋存壽等。

除此之外，翻譯文學對臺灣文壇有極大的影響，且正是比較文學的一大課題。五○年代的翻譯家至少應包括以下幾位：

一、譯詩：紀弦、覃子豪《法蘭西詩選》、余光中《英詩譯註》、《英美現代詩選》、方思《時間之書》、葉泥等。

二、小說翻譯：黎烈文、何欣、湯新楣、夏濟安、張愛玲、余光中等。

三、理論翻譯：朱乃長（南度）、夏濟安等。

四、散文翻譯：夏濟安、張愛玲等。

另外，「聯合副刊」、「中央副刊」、中華文藝獎金委員會（張道藩主持）、中國詩人聯誼會等培養、鼓勵作家的功績，亦不宜忽視。李辰冬創辦的中華文藝函授班亦卓有貢獻。

現代詩派紀弦的主知主義是指詩人創作態度要冷靜，不要流於浪漫主義的濫情，因此方思、黃荷生固然是主知主義的詩人，鄭愁予、林泠的抒情詩也不違反主知主義。「橫的移植」是指接受西方現代詩的全面影響。

他的另一項主張——詩與歌分家——亦不可遺漏。此項主張對五十、六十年代的臺灣現代詩實有舉足輕重的影響，使詩人拋開歌的通俗和韻律，追尋較純粹、較精鍊、較自由的詩，並發展較為不羈的節奏感。當然，紀弦倡言「詩人乃是一種專家，詩讀者亦然。」便不免有些矯枉過正。

同時，藍星詩社的溫和的現代主義，以及創世紀詩社由「新民族詩型」轉向超現實主義，亦有舉足輕重的影響力。三詩社鼎足而立。

論戰部分，門外漢及言曦主張詩人要走出象牙之塔。其實這跟前述此期愛國作品甚多，是兩相矛盾的。蘇雪林反對新詩的曖昧晦澀，亦是見一不見二的說法。

再論及現代小說所受之現代詩影響：象徵主義的詩「盡量用具體的事物，少用抽象名詞」固對小說有若干影響，其實如藍波、魏爾崙等的詩，何嘗不用若干抽象名詞，以造成朦朧迷離之境？縱言之，現代小說所受象徵主義的影響，只是片面的——暗示手法及重視內心活動、主觀精神，而於音樂性、神秘性二點，至少是殊少關連。這也是批評者不能不辨別的。此期小說最好的作品多發表於《文學雜誌》（夏濟安主編）、《文藝創作》、《現代文學》等。夏濟安提倡冷靜、古典主義的創作路向，亦有很大的引導作用。

總之，五十年代臺灣文壇的成就是詩最盛，小說次之，散文、戲劇又次之。翻譯之成績則略高於散文。

五十年代的臺灣文學，是以素樸的風格為主調，以反共懷鄉作品為主力，同時，由古典主義和寫實主義逐漸取代不成熟的浪漫主義，並向現代主義伸展其觸鬚。

什麼是中篇小說？

什麼是中篇小說？有人認為它是既成不了長篇小說、又不能縮成短篇小說的一種怪胎，一種「四不像」。才華既不足，剪裁能力又不夠，同時還喜歡嘮叨的說故事者，似乎最容易寫出這種作品來。

其實不然。中篇小說自有其獨特的尊嚴，以及它獨有的功能。

一、中篇小說大致是長度三萬到十萬字，有人物、有情節、有對話、也有表現技巧的作品。

二、中篇小說人物較多（亦有例外，如海明威的《老人與海》），情節亦稍繁（同上書也是例外），描述亦較短篇小說為繁富，但格局則遜於長篇小說。

三、基本上，它是對一件並不單純的事加以濃縮式的敘述。如張愛玲的《金鎖記》即一顯例。

四、它往往具有擴展之長度所產生的雙重效果。所謂雙重效果是指廣度及深刻性。

五、它的作者經常以其主題上的持續穩定和結構上的平行積累而體現其濃縮的特性。

六、它的主要模式，往往是嚴肅的，或具有克制的悲劇性，很少是喜劇式的，雖然有些部分由於運用了諷刺、幽默或別的技巧形式而難免沾帶一點喜劇色彩。

七、它的諷刺對象經常是單個的人，而不是整體人類的愚蠢。如伏爾泰的《老實人》就是一例。

八、中篇小說的另一個模式是墮落的或者哀婉動人的悲劇，（二者往往不可盡分），譬如德國大文豪湯瑪士・曼的《威尼斯之死》。

九、它描寫無情、冷漠以及痛苦的深度超過短篇小說所特有的單一情節。

十、另一種常見的中篇小說模式是所謂的「說教故事」，意指「因襲時尚的格言體」，如康拉德的《黑暗的心》、勞倫斯的《乘車而去的女人》，在這種作品中，人物本身不是我們關注的重心，因為某一些觀念已確定了故事的特質——主題才是它的核心。

十一、為了加強並發展情節而持續重複之技巧常會貫穿、支配某些中篇小說的形式。

十二、它具有結構集中統一的「獨特的純潔性」，因而被批評家指陳為：不應視作「長篇小說與短篇小說之間的折衷產品，而應該是一種完美的基本形式，使人聯想到它與古代悲劇的素樸甚至長度之間的密切聯繫，而且它實際上所處理的也是與古代悲劇相對應的素材。」（內梅羅夫語）

十三、長篇小說因為篇幅更長，容量更大，時而不免被剝奪其悲劇或準悲劇的潛力，（托爾斯泰的《安娜・卡列尼娜》、哈代的《黛絲姑娘》、福樓拜的《包法利夫人》、巴爾札克的《高老頭》等自然是例外，甚至《紅樓夢》亦然。）但是，中篇小說的中型性態確能更加有力地表現那種「墮落的或者哀婉動人的」悲劇（史普林格語），其主人公的命運既非宏大也不渺小。因此，阿瑟・米勒的《推銷員之死》如果改寫成小說，一定最合適撰寫為中篇小說，而非長篇或短篇。

以上的見解，部分為我個人研究的心得，部分則取自伊恩・里德及雷波伊茲等的說法，特此注明。

醞釀多時的《文學批評論集》

從民國五十一年秋天進入臺大中國文學研究所開始，我便矢志研究中國的文學理論和批評。當年即閱讀《歷代詩話》，並在這部詩話選集中選擇我碩士論文的題材。經過幾個月的考慮和試探，終於決定研究嚴羽的《滄浪詩話》——它可算是宋代的明星詩話。

五十四年三月，我的「滄浪詩話研究」（近十萬言）已經脫稿，比別的同學至少快上兩三個月，經過指導教授臺靜農老師，及俞大綱、葉嘉瑩二師的指正後，又加以修改，到六月打字印就，通過了碩士學位考試，並以第一名的成績畢業。那時臺大中文所尚未設立博士班，我便順理成章的留校任教，一直到今天。

此後二十多年，我始終沒有停止過中國文學批評的研究，而且每年獲得長科會及國科會的獎助，積有研究成果一百多萬字。其中大部分論著都已出版，包括《朱熹的文學批評研究》、《宋金四家文學批評研究》、《歐陽修之詩文及文學評論》、《中國文學批評論集》、

《明清文學批評》、《中國文學批評》、《從李杜說起》等。

最近幾年的著作，包括《陸游的文學理論研究》、《楊萬里的文學理論研究》、《張戒詩論研究》、《羅大經的文學理論研究》、《真德秀的文學評論研究》等五篇，各有三、四萬字，雖已發表一部分，但尚未正式結集。這個暑假，我特地勻出一個多月的時間，加以全面整理、增益和修改，合為一集。

這本論集，跟《宋金四家文學批評研究》性質最為接近。所收五家，都是南宋（其中張戒為北宋末到南宋初人）的文學批評家，而且各有其見解和成就。陸游和楊萬里不但是公認的南宋四大詩人之二，也是我心目中宋代十大詩人（另外八位為歐陽修、梅堯臣、王安石、蘇軾、黃庭堅、陳師道、陳與義、范成大）中的兩位。他們不止對文學提出自己的看法，對歷代作家有適度的批評，而且更能陳述自己的創作經驗，提供時人及後人參考，這些文獻，不但有意義，而且「有意思」：

> 我昔學詩未有得，残餘未免從人乞。力孱氣餒心自知，妄取虛名有慚色。四十從戎駐南鄭，酣宴軍中夜連日。打毬築場一千步，閱馬列廄三萬匹。華燈縱博聲滿樓，寶釵豔舞光照席。琵琶絃急冰雹亂，羯鼓手勻風雨疾。詩家三昧忽現前，屈賈在眼元歷歷。

天機雲錦用在我，剪裁妙處非刀尺，世間才傑固不乏，秋毫未合天地隔。放翁老死何足論，廣陵散絕還獲惜。（陸游：九月一日夜讀詩稿有感走筆作歌。）

這是陸放翁在壬子年間寫的一首詩，距今已近八百年（壬子為西元一一九二年）。我在書中配合其他資料將它分析為五點要義，足供讀者作全面的觀照和了解。

楊萬里和陸游一樣是一位多產詩人，他的詩一共有兩萬多首，（今存四千首），生平有很多年都是一年一詩集，其中《荊溪集》的自序中，對自己大半生創作的歷程有很清楚生動的描寫：

予之詩始學江西諸君子，即又學後山五字律，既又學半山老人七字絕句，晚乃學絕句於唐人。學之愈力，作之愈寡。戊戌三朝時節，賜告少公事，是月即作詩，忽若有悟，於是辭謝唐人及王、陳、江西諸君子，皆不敢學，而後欣如也。試令兒輩操筆，予口占數首，則瀏瀏焉，無復前日之軋軋矣。自此每過午，更散庭空，即攜一便面，步後園，登古城……萬象畢來，獻予詩材，蓋麾之不去，前者未去而後者已迫，煥然未覺作詩之難也。蓋詩人之病去體將有日矣。（見《誠齋集》卷八十）

戊戌年是西元一一七八年，距今已八百〇八年，三朝是年初一，便面是摺扇。他在此段中不僅縷述學詩的幾個過程，而且把他如何脫去「詩人之病」而進入「水到渠成」、「信手孤高」的境界，一一交代了。尤其把「頓悟」的「頓」字清晰地勾畫了出來。和呂本中、陸游、姜夔的理論和自述不謀而合。

此外真德秀是一位重要的理學家，他的哲學思想如何影響他的文學觀？他和同代的理學家魏了翁等的理論有何異同？本書也一一加以剖析。至於技巧性的討論，則在張戒、羅大經兩篇中所占篇幅較多。張戒的四品論——以氣為主、以韻為主、以味為主、以意為主，不僅是他的創見，而且界限清楚，運用到實際批評上也沒有什麼扞格，實在是值得研討和表彰的一套批評論。羅大經在《鶴林玉露》中所揭櫫的「細讀細思」原則，頗近現代英國批評家李維士（F. R. Leavis）等所倡的細品法，他的「簡古發纖穠」、「用輕虛字」、「用健字及活字」、「用伏筆」、「正反相濟」諸論，亦切實而有眼光，本書也分別予以論述及分析，並酌作「批評的批評」。

這本近二十萬字的新書，各篇都按原理論、方法論、風格論、體裁論、品第論、批評論及實際批評等分章，酌分小節若干，力求條理井然，層次分明，可供文學批評學者參考，也可讓一般大學生以上的讀者嘗到中國文學批評的深厚滋味。

關於中國文學評論史

本文專述我對於幾本文學評論史的意見；我所見到的已完成的中國文學評論史共六部：

㈠最早的一本是陳鍾凡所著的《中國文學批評史》，共約八萬字，實在失於簡略，甚至有些簡陋。而且各節的比例也欠妥當，譬如《詩品》占五頁，《文心雕龍》只有四頁，沈約聲律說居然也占了三頁多，《滄浪詩話》只有六百字。明代兩位重要的批評家謝榛與胡應麟居然一字不提，而袁枚只占七行，肌理說（翁方綱）只有三行，令人啼笑皆非。詞評沒有王國維的《人間詞話》，大概把王氏認作民國人，但《人間詞話》作於一九一〇年，即清宣統二年，漏掉它是不對的。至於錯誤和不妥之處，也有不少，如以為韓愈所說的「氣」完全與曹丕說的「氣」不同，便不是內行話，因為曹丕典論論文中的「氣」有多種指稱，不可一概而論。至於小說、戲劇部分特少，亦一病也。

㈡其次，成於民國二十三年的郭紹虞《中國文學批評史》，大概是學界採用最多，也討論、引用最多的一本。它的優點有三：一、綱舉目張，頗有法度。二、以一人之力完成近九十萬字的鉅著，且甚少因襲之處，殊不容易。三、有見解，有體系。它的缺點則在：一、個人華路藍縷，以啟山林，固然可貴，但疏漏之處在所難免，二、小說、戲劇批評全缺，三、有時主觀見解稍重，分析過多，如將宋代古文家與政治家文論分開來談，便大有商榷餘地，因為北宋古文家中有許多兼為政治家。此外如張戒《歲寒堂詩話》中最重要、最有貢獻的理論乃是四品論：以氣為主，以韻為主，以味為主，以意為主，郭氏竟未注意到。還有他喜歡替古人自圓其說，用心良苦，但未免因此而混淆了一部分真相，如滄浪在崇李杜與興趣說之間的矛盾，朱東潤抨擊之甚烈，而郭氏則曲為迴護。又：前文已說過此書偶然有過分主觀的判斷：如以葉燮為格調派，可能受沈德潛（清代格調派代表）為葉氏大弟子之「暗示」，但這是不妥的，說葉氏是格調派，還不如說他是性靈派或綜合派。他對宋代理學家的文學理論雖已相當予以注意，但詩論方面，如對邵雍的詩論仍有探索不足之感，對朱熹在文論和詩論兩方面的重大歧異亦未予揭櫫。對謝榛的特殊詩論亦未加以釐清。不過這些都是求全責備之詞，不可否認的，它的貢獻還是頗大。民國四十餘年他另寫了一部批評史，字數約為初著的三分之二，其中加添了戲劇評論，章節則力求簡要化，初著有的，或從略（如北宋詩壇批評風氣、論四六之法、四靈派、劉克莊、方回等），或簡化（如宋代論古文之法），引用原文較少，意見方面，有的完全一樣，有的稍加補充，如葛洪部分加入「不是無條件的主張妍麗」，同時「又是尊子書，忽文藝。」永明體的論述較詳、北宋增加呂南公的文論等。至於書中顯示的「唯物史觀」，明眼人一看即知：它們並非本然的，而是偶然的、勉強的，如能體諒作者的處境，不妨在閱讀時代為篩汰。（若刪去那些部分，對全書亦無損害。）這本書的缺點是有些不該刪略的也刪略了，章節關目方面也不如初著之明確清楚。前著所缺的李慈銘、施補華、況周頤、王國維，陳衍等，也未見補出（其中陳衍只引了石遺室詩話中的兩小段話）。而戲劇部分，仍只有極少的分量，主要在李漁那半節（與尤侗合為一節，亦不妥），可謂微乎其微。小說部分只有幾句話涉及，等於沒有。這當然是一大遺憾。

㈢羅根澤的《中國文學批評史》：羅氏本來研究先秦經學及諸子之學，研究文學批評，可謂「半途出家」，能夠獨立完成這麼一部六十多萬字的批評史，也可說難能可貴。它的特色有四：一、加重先秦部分的分量，二、重視聲律論、詩的作法、對偶等技巧層面的理論及批評。三、引書較多，發揮較少。四、補足若干郭著批評史省略或掛漏的部分，如楊萬里的「作詩三等」、「作文五譬」，且各列為一節。朱熹部分亦較豐富（如說出的詩文與做出的詩文、反摹擬與倡摹擬等。）可惜它寫到南宋末，便告中斷，後來作者物故，遂成未完成著作。

㈣劉大杰的《中國文學批評史》：這是劉氏與幾位弟子（李慶甲、王運熙、顧易生等）

合作的著作，共二百二十萬字。優點有五：一、比較周到，比較均衡，如明代的戲曲批評和小說批評，各列一章，二者的總字數更超出同代的詩文批評，即一大突破。二、見解比較持平：劉氏在《中國文學發展史》中的唯物史觀，在此書中反不彰顯。三、發揮亦能合乎中庸之道，既儉於郭氏某些章節，又富於羅氏之書。四、範圍延伸到現代。五、注意到大家以往不太注意的批評家和文獻，如金元部分的「羅燁的『醉翁談錄』」即一例，作者不但予以評介，且給予三千字的篇幅。它的缺點仍在有所掛漏，如謝榛、胡應麟二人，仍未受重視，謝氏尚有一千多字論述，胡氏乃一字未見。其實「文學史地位」和「文學批評史地位」是不一樣的，絕不能因為胡應麟在文學史沒什麼地位，而否認《詩藪》等文學批評著作的重要性。

(五)蔡鐘翔、黃保真、成復旺著《中國文學理論史》：共約一百八十萬字，是世間至今為止篇幅最繁富的文學批評史。大家都知道：「文學批評」本包含文學理論（literary theory）及實際批評（practical criticism）二部分，但一般文學批評史，勢不能不以「文學理論」為主，故本書書名雖為《中國文學理論史》，但仍是一部完整的中國文學批評史，只是涉及實際批評處較前述諸書更少而已，若說完全撇除，根本是不可能的，隨手翻檢，第五冊頁一三六即有陳廷焯論碧山詞者，頁一三七又有「十三國變風，二十五篇楚辭，忠厚之至，亦沉鬱之至，詞之源也。」（亦陳廷焯語）二則。

此書優點有六：一、規模大，篇幅多，二、取材宏富，三、論述兼及本末，四、發揮亦不少，五、有時兼採美學觀點，六、有現代部分，雖然只限於章太炎、王國維、南社、魯迅等人，仍嫌大大不足，但畢竟已跨前了一步。

缺點主要是唯物史觀色彩較重，如王國維一節即以「資產階級『純粹』文藝哲學」為題。還有，比較詳細的討論中，難免夾雜一些矛盾和渣滓，如一冊頁二〇三謂葛洪：「他又反對復古主義的理論，便宣揚德文並重，今勝於古，這時他又明顯地背離了儒家教義。」其實「德文並重」並不違背儒家教義，一味重德輕文只是宋儒中的偏激派（如程頤，及朱熹的一部分見解）主張，孔子便主張「有德者必有言」、「情欲信，詞欲巧。」

㈥敏澤的《中國理論批評史》：

此書的優點至少有三：

一、論述以往不受注意的文學理論，如陰陽五行學說中的文藝思想及其對後世文論的影響，淮南子中美感的同異之論及心理狀態與審美賞鑑的關係等，還有鴛鴦蝴蝶派的文學主張等。

二、概括性的論述頗得體要，如頁二〇三「魏晉南北朝對於文學特點的認識」一節之首段云：「魏晉南北朝時期，由於文學和文學理論批評的發展，人們對於作為上層建築之一的文學及其他上層建築——哲理、論說和史著等等——之間的關係，它們的同異，文學的特徵等一系列問題，比起兩漢來，有了更進一步的認識。反映在理論上，有許許多多的闡述和探討，反應在實際的運用上，就是兩漢以來「文學」、「文章」之分逐漸合一，「文筆」之說的出現，以及「文」、「筆」的對稱等等。」便是一個佳例。

三、解說清楚，往往一針見血：如解釋金聖歎的因緣說（頁一〇七八）：「『因』即根據，『緣』即條件，『法』則是各種現象。」何等清晰！即使抽繹原著的說法，也很恰當，如頁一〇七九謂金氏「進一步發揮了袁無涯和睡鄉居士的觀點，明確地提出了歷史著作是『以文運事』，『以文運事』，是先有事生成如此如此……」，小說創作則是『因文生事』，它和史著的寫作却不同，「只是順著筆性去……——並不受真人真事的限制。」不失賅要中肯。

至於它的缺點，大致有三：

一、創見較小：比起郭紹虞和蔡鐘翔等的批評史和理論史來，它的特殊見解自然比較少些。

二、遺漏重要的批評家：如南宋的張戒、明代的謝榛，均為有特見的批評家，本書或漏列或只加簡述，實為一憾。

三、若干論述有欠精當：如頁二〇一謂劉勰文論中的「物」，已經不是獨立的外物，「而是一個與作者的感情、思維密切相關的『物』」，這當然可以認同，但接下去說「這個『物』是作者的思維、感情和外物的無間結合……」便是過度推論了。試問如此一說，更置「神」於何處？又如頁四三五論及韓柳時大談韓對柳的政治活動之不滿，實已超出文論史的範圍，大可刪削。

此外如朱東潤的《中國文學批評史大綱》、方孝岳的《中國文學批評》、本人的《中國文學批評》都是大綱式或重點式的文學批評史，可供參考。鈴木虎雄的《中國詩論史》雖篇幅有限，也可以作為入門參考書。至於劉若愚的《中國文學理論》，雖然是一本頗有見解的好書，却是歸納式的論著，不能算批評史。傅庚生的《中國文學批評通論》亦然。

最後簡述本人的中國文學批評史分期觀：

(一)萌芽期：先秦兩漢；

(二)初盛期：六朝；

(三)中衰期：隋唐五代；

(四)中興期：宋金元；

(五)鼎盛期：明清；

㈥新生期：民國（現代）。

一部完備的中國文學批評史猶待吾人共同努力。

評《中國文學批評史》

自從民國二十三年郭紹虞的《中國文學批評史》(上)問世以來(該書下冊至三十六年才告出版),已有五十八年的時間,我們終於看到一本更新、更周到的《中國文學批評史》了!❶

❶ 此書由上海復旦大學中國文學系古典文學教研組集體編撰,上起先秦,下到民國,共分七編。上冊出版於一九六四年(民國五十三年),中冊出版於一九八一年,下冊則在一九八五年問世。上海古籍出版社印行。五南公司的臺灣版則出版於民國八十年十一月,實際上至今年初才發行,有版權。又:除了前文涉及的幾部《中國文學批評史》外,現已問世的同類著作還有:陳鍾凡的《中國文學批評史》(一九二七年,太簡陋);黃海章的《中國文學批評簡史》(一九六二年),敏澤的《中國文學理論批評史》(一九八一年)、周勛初的《中國文學批評小史》(一九八一年)、蔡鐘翔、黃保真、成復旺合著的《中國文學理論史》(一九八七年完成,計一百八十萬字,是迄今為止內容最豐富的一部批評史)等。

這部批評史本由《中國文學發展史》的著者劉大杰領銜主編，但書未完成，劉氏便告逝世，因而此書之大功告成，實賴顧易生、王運熙、李慶甲諸氏之努力。

整體的說來，此書的優點有五：

一、篇幅較多，內容比較周到，比較均衡。譬如郭著文學批評史中全告闕如（郭氏的新編本只補一李漁）的小說批評和戲劇批評，在本書中不但加以正視，而且篇幅頗為可觀，其中明代的戲曲批評和小說批評，各列一章，二者的總字數更超出同時代的詩文批評，即一大突破。其實明代詩、文創作固盛，品質不高，其詩文批評固有價值，但相對於創作流風鼎盛、成果亦碩然可觀的小說、戲劇，有關後二者的理論和批評毋寧是更重要的，編著者能注意及此，可謂具有文學史的「宏觀」。

二、全書見解比較持平：凡有關理論及問題的探討，大都能就事論事，切實而不誇，在觀點方面，亦甚少偏頗激切之傾向。劉大杰當年在《中國文學發展史》中隨處可見的唯物史觀，在此書中反不彰顯，足見撰著時代的背景（尤其是政治環境）舉足輕重。

三、一般發揮亦能合乎中庸之道，既不大放厥辭，亦不惜墨如金，儉於郭氏大著的某些章節，卻富於羅根澤的未完成著作《中國文學批評史》。讀者讀此書，既不會印象含糊，亦不致失去自我判斷的餘地。

四、範圍已延伸到現代：以往的同類著作，羅著固只止於南宋，郭著及朱東潤的《中國文學批評史大綱》，方孝岳的《中國文學批評》等，也只寫到清代便停了。嚴格說來，這是不完備的。民國以後的文學理論和實際批評（Practical Criticism），亦有很豐富的成果，一概略而不述，實為一大憾事。本書在這方面也算有了突破，除了王國維的《紅樓夢評論》、《宋元戲曲考》、《錄曲餘談》等，更及於《二十世紀大舞臺》雜誌（陳去病、汪笑儂等所創辦）和吳梅的戲劇理論及批評、梁啟超與「小說界革命」的理論、吳沃堯及李寶嘉、歐陽淦、陶曾佑等的小說理論，徐念慈與資產階級革命派的小說觀、王鍾麒、黃人的中國古典小說論、林紓的翻譯小說理論、管達如的《說小說》和呂思勉的《小說叢話》等，雖然還嫌不足，但已是中國文學批評史重新跨出的一大步。

五、編著者也注意到以往大家不太注意的批評家和文獻，如金元部分的「羅燁的『醉翁談錄』」即一顯例，著者不但予以評介，且賦予三千字的篇幅。「羅燁的『醉翁談錄』」，就是宋末元初人們普遍注意『說話』藝術風氣下的產物。它針對封建正統文人對於通俗小說的傳統偏見，反覆地強調了小說家具有廣博的學識和高度和藝術修養」，「『醉翁續錄』還對傳統小說的藝術特點作了較為全面的分析。」包括反映社會生活，語言風俗，深入淺出，情節布局之虛實相間，濃淡得當；對生活中的現象作出批判、啟導讀者等。

本書的缺點仍在時有掛漏，如明代兩位重要的文學批評家謝榛（中國最早，也可能是世界最早的象徵主義詩論家，詳見拙著《中國文學批評》之第十四章）、胡應麟（其《詩藪》為千古不朽的論詩名著）二人，仍未受到其應得的重視：對謝氏尚有一千多字的論述，胡氏的部分則一字未見，令人驚詫。其實一位作者的「文學史地位」和「文學批評史地位」往往是不一樣的，如蘇軾是第一流的詩人、詞人和文章家，但卻算不上是第一流的批評家；同理可知，我們絕不能因為胡應麟在文學史上只是明代後七子的附庸，而否認他的《詩藪》等文學批評著作的重要性。本書諸編著者卻偏偏疏忽了這一點。

本書內容偶然也會溢出「文學」的範圍，譬如第一編第一章第三節「墨子」中，便討論到墨子的「非樂」主張，原因有三：一、此節內容本嫌太少，故予補出。二、非樂的理論自有其代表性，且容易遭到誤解。三、墨子對音樂的態度「先質而後文」跟他的文學主張也有可以相通之處。

本書對若干二流或一流半的批評家的理論，也有相當中肯的探討和批判，如揚雄，著者分論其賦論、對屈原的評價（與對景差、唐勒等的評價迥然不同）、明道、徵聖、宗經的主張（這是揚氏後期的理論，顯然對劉勰、韓愈等後代的文學理論家發生頗大的影響力）、文必艱深說等，均有平實的析論。又如對顏之推的理論，也交代得井井有條；可惜在解釋「理致」與「氣調」時，只說到「理致主要屬於內容，氣調是他所說的『體度風格』。」其中「體度風格」四字，仍嫌不夠明確。

在對於一流批評家的論述方面，著者更是不遺餘力，如劉勰，本書竟闢出一整章（第三編第三章），下分七節，共三十七頁，約三萬多字，簡直可以獨立為一本小書了。而「結語」部分，更特闢「文心雕龍的局限性及其問題」：對劉氏在內容方面時或難以避免的保守性，有時過分重視形式美，對駢文的過度讚許，以及對經典文章語言特色的片面性理解等，也作了適度的批判。但對劉氏批評語言籠統含混的一面，卻未曾提及。

鍾嶸的「詩品」也列了一章（第二編第四章），下分三節，約一萬一千多字，與劉勰《文心雕龍》所占的篇幅相比，可謂恰如其分。在此章中著者表列重要作家的傳承淵源關係，剖析各家風格，可說是鍾嶸的功臣。

此外，蘇軾部分占十四頁，約一萬一千字，稍嫌其多，朱熹和其他理學家只占十頁，約八千字，實嫌太少；其中尤其邵雍部分，更過分簡略，未得其奧。此外如真德秀、魏了翁、葉適、包恢等，竟一一予以刪略，令人遺憾，這方面的成績，本書有愧郭氏批評史多矣。郭氏書中或有略覺繁多之處，但本書則矯枉過正，大感不足。

著者在介紹理論的同時，往往也精準地論述了時代文學風氣及文類發展的實況，二者可收相得益彰之效，譬如第五編第二章第二節論何良俊云：「嘉靖、隆慶時期的戲曲，北雜劇幾乎已無人過問，南戲傳奇的創作則日趨典麗，其中特別是最為流行的崑腔，出現了在藝術上脫離人民生活，迎合貴族大姓紅氍毹演出需要的傾向。所以何良俊提出『本色語』的要求並非一般的空泛之論，而是有現實的針對性的。」即是一個佳例。

總之，本書體大而力求周詳，持平而文字樸實，雖有若干瑕疵，仍不失為二三較佳的中國文學批評史之一。

評李廣田的《浪子遞解記》

最近讀李廣田《銀狐集》裏的《浪子遞解記》，使我十分驚訝：這位崛起於半世紀前的名家（此書二十五年初版），在一篇不到三千字的文章裏，居然犯了這麼多的語病和生硬的歐化句法，不禁想起思果、余光中諸先生對同一問題的批評。願將此作為一個示例，以供一般讀者與作者參考。

這篇文章內容平平，只是寫「我」去客棧會見一個年輕浪子，送他上火車回鄉。

第一段「從平漢路線上一個小城市中……」「線」字可省略，省去後節奏較流暢。第二段「是借了鄉親的名義而來這裏寄居著的」，「是」、「而」、「著的」四字應刪，刪去了乾淨俐落得多。「也難免與我們有關」，宜作「我們也有責任」，或作「我們也難辭其咎」。「我們是以一種保護人或監督人的資格而被知道的。」這句話最彆扭，應改作「我們一向給人當作保護人或監督人」。「上到車上」用了兩個「上」很不順口，應改「上了車」。第三段「他……路上是不愁他沒有飯吃的。」下一個「他」應刪。第四段「我對於這個差使很感到了興趣。」「到了」是多餘的。「就更懷著了好奇心思」，應作「不禁萌生好奇心」。「我很願意能看見這個人」，「能」應刪。「告訴我一些什麼故事」，「什麼」是贅詞。第五段「是太無道理的了」應作「太沒道理」。「次日早晨，一個晴朗的日子」，要嘛省去「早晨」，要嘛下句改「天氣很晴朗」，原文有語意上的毛病：「早晨」不是一個日子。第六段「就休息在這裏邊了」應作「就在這裏邊休息」。「簡直是使我吃驚了」應作「簡直使我大吃一驚」，至少應刪「是」「了」二字。「卻是太和善的，太柔順的了」，二「的」宜刪。「發著幽黯而慘淡的光彩的」，最後一「的」完全是多餘的。「莫明其妙」應作「莫名其妙」。「我可以說是比我們的頭髮都長出幾寸」，「我可以說是」五字完全是累贅。第七段「這間小屋子裏並不像有人在裏邊居住過」，「在裏邊」應刪。「除卻……另外則只是一個飯包……」，「另外則」應刪，「是」改「有」。「我沒有在這裏停留半小時的能力」「能力」宜改「能耐」。「有著多少好夢想的年輕人」，「好」應刪。「說你是要回到家鄉去的了」，「了」應刪。此外，「是不是就要到開車的時間了呢？」應作「是不是就要開車了？」「要先給××先生寫信才好呢。」「才好呢」多餘。「好奇心促使一再地打聽」，「一再」之上應加一「我」字，語意才完足。

以上所列舉的缺點，包含文字拖沓，邏輯或語意不合，不必要的倒裝及歐化句法，用語不妥，節奏欠佳，無謂的重複等。大家宜引為殷鑒。

這本《銀狐集》裡也有一些比較出色的篇章，如刻畫人物的《五車樓》，《花鳥舅爺》，《老渡船》等，但文字仍不免若干瑕疵。

三民叢刊書目

①邁向已開發國家　孫　震著
②經濟發展啟示錄　于宗先著
③中國文學講話　王更生著
④紅樓夢新解　潘重規著
⑤紅樓夢新辨　潘重規著
⑥自由與權威　周陽山著
⑦勇往直前
・傳播經營札記　石永貴著
⑧細微的一炷香　劉紹銘著
⑨文與情　琦　君著
⑩在我們的時代　周志文著
⑪中央社的故事（上）
・民國二十一年至六十一年　周培敬著
⑫中央社的故事（下）
・民國二十一年至六十一年　周培敬著
⑬梭羅與中國　陳長房著
⑭時代邊緣之聲　龔鵬程著
⑮紅學六十年　潘重規著
⑯解咒與立法　勞思光著
⑰對不起，借過一下　水　晶著
⑱解體分裂的年代　楊　渡著
⑲德國在那裏？（政治、經濟）
・聯邦德國四十年　郭恒鈺、許琳菲等著
⑳德國在那裏？（文化、統一）
・聯邦德國四十年　郭恒鈺、許琳菲等著
㉑浮生九四
・雪林回憶錄　蘇雪林著
㉒海天集　莊信正著
㉓日本式心靈
・文化與社會散論　李永熾著
㉔臺灣文學風貌　李瑞騰著
㉕干儛集　黃翰荻著

㉖作家與作品　謝冰瑩著
㉗冰瑩書信　謝冰瑩著
㉘冰瑩遊記　謝冰瑩著
㉙冰瑩憶往　謝冰瑩著
㉚冰瑩懷舊　謝冰瑩著
㉛與世界文壇對話　鄭樹森著
㉜捉狂下的興嘆　南方朔著
㉝猶記風吹水上鱗
・錢穆與現代中國學術　余英時著
㉞形象與言語
・西方現代藝術評論文集　李明明著
㉟紅學論集　潘重規著
㊱憂鬱與狂熱　孫瑋芒著
㊲黃昏過客　沙　究著
㊳帶詩蹺課去　徐望雲著
㊴走出銅像國　龔鵬程著
㊵伴我半世紀的那把琴　鄧昌國著
㊶深層思考與思考深層　劉必榮著
・轉型期國際政治的觀察
㊷瞬　間　周志文著
㊸兩岸迷宮遊戲　楊　渡著
㊹德國問題與歐洲秩序　彭滂沱著
㊺文學關懷　李瑞騰著
㊻未能忘情　劉紹銘著
㊼發展路上艱難多　孫　震著
㊽胡適叢論　周質平著
㊾水與水神　王孝廉著
・中國的民俗與人文
㊿由英雄的人到人的泯滅　金恆杰著
・法國當代文學論集
51重商主義的窘境　賴建誠著
52中國文化與現代變遷　余英時著
53橡溪雜拾　思　果著
54統一後的德國　郭恆鈺主編
55愛廬談文學　黃永武著
56南十字星座　呂大明著
57重疊的足跡　韓　秀著
58書鄉長短調　黃碧端著
59愛情・仇恨・政治　朱立民著
・漢姆雷特專論及其他

⑥⓪蝴蝶球傳奇 顏匯增著
・真實與虛構
⑥①文化啓示錄 南方朔著
⑥②日本這個國家 章　陸著
⑥③在沉寂與鼎沸之間 黃碧端著
⑥④民主與兩岸動向 余英時著
⑥⑤靈魂的按摩 劉紹銘著
⑥⑥迎向眾聲 向　陽著
・八〇年代臺灣文化情境觀察
⑥⑦蛻變中的臺灣經濟 于宗先著
⑥⑧從現代到當代 鄭樹森著
⑥⑨嚴肅的遊戲 楊錦郁著
・當代文藝訪談錄
⑦⓪甜鹹酸梅 向　明著
⑦①楓　香 黃國彬著
⑦②日本深層 齊　濤著
⑦③美麗的負荷 封德屏著
⑦④現代文明的隱者 周陽山著
⑦⑤煙火與噴泉 白　靈著

⑦⑥七十浮跡 項退結著
・生活體驗與思考
⑦⑦永恆的彩虹 小　民著
⑦⑧情繫一環 梁錫華著
⑦⑨遠山一抹 思　果著
⑧⓪尋找希望的星空 呂大明著
⑧①領養一株雲杉 黃文範著
⑧②浮世情懷 劉安諾著
⑧③天涯長青 趙淑俠著
⑧④文學札記 黃國彬著
⑧⑤訪草（第一卷） 陳冠學著
⑧⑥藍色的斷想 陳冠學著
・孤獨者隨想錄
⑧⑦追不回的永恆 彭　歌著
A・B・C全卷
⑧⑧紫水晶戒指 小　民著
⑧⑨心路的嬉逐 劉延湘著
⑨⓪情書外一章 韓　秀著
⑨①情到深處 簡　宛著
⑨②父女對話 陳冠學著

㊾ 陳冲前傳

嚴歌苓　著

在好萊塢市場，多少人一夜成名直步青雲，又有多少人一朝雲中跌落從此絕跡銀海。身為一個中國人，陳冲是經過多少的奮鬥與波折，身為一個聰慧多感的女子，她又是經過多少的心路激盪，才能處於這洶湧波滔中。本書將為您娓娓道出陳冲的故事。

㊿ 面壁笑人類

祖慰　著

本書是有「怪味小說派」之稱的大陸作家祖慰，在巴黎面壁五年悟得的佳構。他的散文神遊八荒，情貫萬里，將理性的思惟和非理性的激情雜揉一起。讀其作品既能吸收大量的科普知識，又可汲取其飄逸文風的美感享受。

㊿ 不老的詩心

夏鐵肩　著

夏先生一生從事文化工作，大半心力都用在鼓勵培植有潛能的青年人，助他們走上文學貢獻之路。而他本身亦創作出不少的長短佳文。本書收錄計有：詩詞小品、散文、方塊評論等。作者一顆不老的詩心，洋溢在篇篇佳構中。

㊿ 雲霧之國

合山究　著

使中國風土之特殊性獨具一格的，與其說是天地的廣大，不如說是因塵埃、雲煙等而為之朦朦朧朧的自然空間吧！精氣、神仙、老莊、龍、山水畫、奇書等，其產生是有如何玄妙的根源啊！就以「雲霧」為起點，讓我們一起走進這美麗幻夢般的世界。

⑰北京城不是一天造成的

喜樂 著

打從距今七百五十多年前開始，北京城走進歷史的繁華紛亂。現在，且輕輕走進史冊中尋常百姓的那頁，一盞清茶、幾盤小點，看純中國的插畫、尋純中國的足跡。由博學多聞的喜樂先生做嚮導，就讓你我在古意盎然中，細聆歲月的故事。

⑱兩城憶往

楊孔鑫 著

霧裡的倫敦、浪漫的巴黎，除此之外，這兩城你可還留有其他印象。本書是作者派駐歐洲新聞工作二十多年的記錄。透過作者敏銳的筆觸，且讓讀者徜徉在花都、霧城的政經社會、文化藝術、風土人情以及歷史背景中。

⑲詩情與俠骨

莊因 著

一顆明慧的善心與真摯的情感，經過俠骨詩情的鑄煉，將生活上的人情世事，轉化為最優美動人的文句，呈現出自然明朗灑脫的風格。文學對於作者而言，不僅是興趣，更是他的生命，但他不泥古而創新，在其文章中俯首可拾古典與現代的完美融合。

⑳文化脈動

張錯 著

「我是一個文化悲觀者，因為我個人一直堅持某種希臘式的古典禮範，而這種文學或文化古典禮範，已日漸有如夫子當年春秋戰國的禮崩樂壞。」作者就是以這顆悲憫的心，用詩人敏銳的筆觸，深刻而熱切的批判著臺灣的文化怪象。

⑩桑樹下

繆天華　著

本書是作者在斗室外桑樹蔭的綠窗下寫就的小品散文。作者試圖在記憶的深處，尋回那些感人甚深的、發人深省的，或者趣味濃郁的人文逸事，不惟激勵讀者高遠的志趣，亦能遠離消沈、絕望的深淵。

⑩牛頓來訪

石家興　著

本書為作者三十多年來從事科學工作的心情寫照，包括思想、報導、論述、親情、遊記等等。文中處處流露出作者對科學的執著與熱愛，及超越科學之外的人文情懷，篇篇清新雋永，理中含情，情中有理，為科學與文學的結合，作了一番完美的見證。

⑩深情回眸

鮑曉暉　著

作者生長在一個顛沛流離的時代，雖然歷經千辛萬苦，但行文於字裏行間，卻不見怨天尤人；有的只是對以往和艱苦環境奮鬥的懷念及對現今生活的珍惜，以及世間人事物的觀照及關懷。做為一本懷舊之作，或是清新的生活小品，本書皆為上乘之作。

⑩新詩補給站

渡　也　著

你寫過新詩嗎？你知道如何寫一首具有詩味的新詩？本書是由甫獲得「創世紀四十周年創作獎」的詩人兼詩評論家渡也先生，深入而精闢的剖析一首新詩的形成過程，指導初學者從如何造簡單句到如何寫出一首詩，是一本值得新詩愛好者注意的書。

⑩⑤ 鳳凰遊

李元洛 著

一生從事古典與現代詩論研究的大陸學者李元洛先生，如何在放下嚴肅的評論之筆，轉而用詩人細膩的筆觸，摹寫山水大地的記行，以及人生轉蓬的寄悵，書中句句是箴語、處處有真情，值得您細品。

⑩⑥ 文學人語

高大鵬 著

忙碌的社會分散了人們的注意力、淡化了人們對身旁人事物的感情，任由冷漠充填在你我四周……而本書的作者以感性的筆觸，表達了自己對身旁人事物的真心關懷，以平實的文字與讀者分享所遇所感，無疑是給每個冷漠的心靈甘霖般的滋潤。

⑩⑦ 養狗政治學

鄭赤琰 著

身處地理、政治環境特殊的香港，作者藉由動物的百態來反諷社會上種種光怪陸離的政治現象，在其輕鬆幽默的筆調背後，同時亦蘊含了嚴肅的意義。這一則則的政治寓言，讀之不僅令人莞爾一笑，更具有發人深省的作用，批判中帶有著深切的期盼。

⑩⑧ 烟塵

姜穆 著

作者是一位出生於貴州的苗族人，卻意外的捲入戰爭。在臺娶妻生子後，所抒發對戰亂、種族及親人的真誠關懷。內容深沈、筆觸清新，充分顯露在生活的烈焰煎熬下，早已視一切如浮雲，淡泊名利，將其一生的激越昂揚盡付千里烟塵中。

⑲河　宴

鍾怡雯　著

人間繁華的請柬處處，不如赴一場難得的野宴。聽一回水的演奏、看一場山的表演，再來細細品味鍾怡雯為您端出來的山野豐盛清淡的饗宴——極盡可口的綠、十分道地的藍，以及不加調味料的白。

⑪滬上春秋

章念馳　著

章太炎，這位中國近代史上的思想家、政治家，曾因領導戊戌變法失敗而流亡海外。他雖是浙江餘姚人，卻有大半輩子的歲月是在上海度過。本書是由章太炎的嫡孫章念馳先生，從家族的口述和史料中，完整的敘述章太炎的這段滬上春秋。

⑪愛廬談心事

黃永武　著

每個人心中都有一枝彩筆，然而在趕遠路、忙上班的歲月裏，枕頭上的日升月降中，像拋來擲去的跳丸，彩筆就這樣褪去了顏色……本書作者在辭去沈重的教職和繁雜的行政工作後，重拾心中的彩筆，為您宣說一篇篇的文學心事。

⑫吹不散的人影

高大鵬　著

時代替換的快速，不知替換了多少人生舞臺上出現剎那的面孔；而人類，偏又是最健忘的族群。本書中所收錄的文章，均是作者用客觀的筆，為曾替人類社會或文化默默辛勤耕耘的「園丁」們，做最真實的文字記錄。

⑪③ 草鞋權貴

嚴歌苓 著

曾經叱吒風雲的老將軍，是程家大院的最高權威，九個承繼他刁鑽聰明的兒女，則個個心懷鬼胎……一個來自鄉下的伶俐女孩，被命運的安排，走入這權貴世家。威權的代溝、情份的激盪、所有內心的驕傲與傷痛，這會是怎樣的衝突，怎樣的一生？

⑪④ 是我們改變了世界

張放 著

從事文學藝術的工作者是「人類靈魂的工程師」。如果作家不能提高廣大讀者的精神生活品質，而僅為娛樂人心、滿足人們的好奇和刺激，那麼與馬戲團的小丑或兜售春藥的小販何異？故而作者不禁要問：是我們改變了世界，還是世界改變了我和你？

⑪⑤ 夢裡有隻小小船

夏小舟 著

日本人參加婚禮愛穿黑色、日本料理味輕單調、日本人性格分ABCD、還有情書居然可以賣……於日本教書的大陸作家夏小舟，在本書除了告訴你作者旅日的見聞趣事外，也且隨她乘坐那夢裡的小小船，航行向那魂縈夢遷的故國灣港中。

⑪⑥ 狂歡與破碎

林幸謙 著

你可曾聽過溯河魚的傳統？憑著當初離開河源的記憶，激勵著牠們回到了河川盡頭的故鄉。寧願冒著生命的危險，也不願成為溫暖海洋中的異鄉客。本書作者由溯河魚的傳統，引入海外華人的悲調，一種狂歡與失落、破碎而複雜的心靈面貌。

⑰ 哲學思考漫步

劉述先 著

同樣的環遊世界旅行，企業家看到的是廣大的市場和商機；觀光客沈迷的是風景名勝和購物；文人墨客則歌詠人類史蹟與造物的奧祕。而哲學家呢？本書作者以其敏銳的邏輯思考，在具體的形象世界中悠遊漫步。期待您經由本書而拓寬自己的視野。

⑱ 說 涼

水 晶 著

地鼠營巢於地下，專喜啃嚙花草植物的根莖。而玫瑰是酷愛陽光的美人，有潔癖，不能忍受穢物……。本書作者從事寫作近四十年來，筆墨蘸盡世間人情冷暖，猶然孜孜不倦的寫作。揮灑於字裡行間的，是一種識盡愁滋味後卻道天涼好個秋的豁達心境。

⑲ 紅樓鐘聲

王熙元 著

文學博士王熙元教授，多年來一直不能忘情於散文的寫作。他的散文清新而感性，談生活點滴，筆端真情流露；論人生哲理，則深入淺出，發人深省。此外剖析文學之美，或回憶個人成長、求學的心路歷程，亦多令人有所啓發，值得一讀。

⑳ 寒冬聽天方夜譚

保 真 著

本書為「青副」專欄「靜夜鐘聲」的結集。作者將其對生命與同胞的熱愛、執著，用感慨深邃的筆調，表現於一篇篇的短文中，告訴我們現今的臺灣與中國，需要我們付出什麼樣的關懷。在這些簡短的文字中，希望也能燃起我們一絲對民族的熱情。

⑫1 儒林新誌

周質平 著

本書是旅美普林斯頓大學周質平教授，將其多年在國內外的華文報章上所發表的四十多篇論述雜文結集成冊。書中呈顯出所謂海外學人的千般樣態，嘲諷中不失幽默，值得您細心體會。

⑫2 流水無歸程

白樺 著

大陸知名作家白樺繼《哀莫大於心未死》之後又一本長篇小說。他的書取材是當代的，是改革開放後大陸所面臨的經濟文化與人慾的衝擊。書中的人物如高幹、富商、少女、情婦、歌星等，在金錢的誘惑下，一一呈顯出深沈黑暗而扭曲的人性面。

⑫3 偷窺天國

劉紹銘 著

善人走完了人生路途上天國，會幸福到什麼程度？天國的幸福，會不會只是塵世快樂的延續？在本書作者引領之下偷窺天國的結果，是否會發覺天國的無趣？永恆實在可怕，幸福和快樂如果遙遙無盡期，一樣會變為無聊、乏味。天國，是否就在當下。

⑫4 倒淌河

嚴歌苓 著

屢獲各大報文學首獎的嚴歌苓，繼《陳冲前傳》、《草鞋權貴》後又一本小說新著。內容包括十個短篇及一部中篇〈倒淌河〉。全書無論在寫景、敘事或對話，都極老練辛辣，辣得幾乎教人流出淚來。

⑫⑤ 尋覓畫家步履

陳其茂 著

出國旅行，是許多人心神嚮往的事。而世界各著名的美術、博物館，更是文人雅士們流連佇足之所。與其走馬看花，對大師們的作品僅留浮光掠影，淺嘗輒止；不如隨著畫家陳其茂教授的引領，在其敏銳且情感深致的筆觸下，一起尋覓畫家們的步履。

⑫⑥ 古典與現實之間

杜正勝 著

在古典與現實之間，一幕幕動人心弦的故事正激盪著你我的心。古典的真貌在不斷的探索中漸漸澄澈而透明。而現實的我們且懷著古典的情愫，在史學家杜正勝院士古典新詮的筆下，淺嘗歷史的滋味。

⑫⑦ 釣魚臺畔過客

彭歌 著

北京釣魚臺之盛名，並非全因這片神祕的迎賓貴地，而是在於它的歷史背景。是緣的牽引，將離去故都半世紀的作者引入這神祕的釣魚臺賓館……本書作者以纖細的筆觸，將自己多年飄泊生涯中的聞見感想，一幕幕真實清晰地展現在您眼前。

⑫⑧ 古典到現代

張健 著

涵泳於中國文學數十寒暑而樂此不疲的張健教授，在本書中除用粗筆勾勒歷代文學抽象的思潮外，更以細筆描述陶淵明、杜甫、孟浩然、王國維、魯迅、張愛玲……等文學家具象的風格與作品。篇篇都以作家的詩文為其依據，引領讀者一覽文學之美。

⑫⑨帶鞍的鹿

虹影 著

由一幅帶鞍的鹿畫中，牽引出一樁奇異的命案，主角和死者有著什麼樣的糾葛？帶鞍的鹿畫中又暗示了什麼樣的命運？

作者以其深沈的筆調，藉著本書各篇小說，帶領讀者走向人類心靈的深處，去探索深藏於內心的桎梏。

⑬⓪人文之旅

葉海煙 著

本書作者以「人鏡」自任，用經世的情、關懷的筆，鏡映出人文百態。全書集結作者對自我、社會和文化等面相的諸多觀察及反思。一字一句，皆為知識分子的圓融智慧與淑世熱忱；一言一語，盡是紛乘社會的暮鼓晨鐘。

⑬①生肖與童年

小民 著
喜樂 圖

十二生肖在每個農曆新年來臨時，都為年節的歡樂帶來一股高潮。這些可愛的動物們，為童年的生活增添了無限的趣味。本書紀錄了作者對於十二生肖的情感，和童年難忘的美好時光。加上喜樂先生細膩的插畫，讓生肖與童年的故事，一一鮮活起來。

⑬②京都一年

林文月 著

京都是一個新舊互容的都市，有著高樓矗立及寬敞的街道，又存有古典風味的低矮木屋與不平的石板路。作者在京都的一年中，品味著這古都對文化保存、人情往來及文藝活動的諸般樣態，藉由她的生花妙筆，使讀者沈湎於京都典雅、優閒的情調。

⑬山水與古典

林文月 著

山水景致，勾起了幾許文人的多愁善感；而古典文學，又蘊含著多少古人的人生情懷。本書探討著古典作品和詩人之間的關係。筆調輕鬆而不輕浮；題材古典絕不枯燥。且邀您一同進入詩人的筆墨之間，翱遊在山水作品的世界裏。

⑭冬天黃昏的風笛

呂大明 著

旅居法國的作者呂大明女士，以其一貫典雅柔美的風格和精致細膩的筆觸，表達出她對生活、自然的樂觀態度。她如詩般的作品，仿如一幅幅精美瑰麗的圖畫，靜靜地訴說著對美好人生理想的浪漫情愫。

⑮心靈的花朵

戚宜君 著

本書作者一生從事文化的傳播工作，積累數十年的工作經驗及閱讀習慣，創作出一篇篇詞美意深的勵志散文。除了用以傳達理性的知識和感性的情懷外，並深切期望本書能敲開你的心扉、溫暖你的心靈，進而耕耘你的心田，綻放出美麗的心靈花朵。

⑯親　戚

韓　秀 著

人間真情不分種族國界；世間的溫暖存在每一角落。在有風有雨的日子裡，亦或在恬淡如鏡的歲月中走過，是否有如詩般美麗的故事令人難以忘懷？是否忘了去感激那些曾經陪著你、關懷你的人呢？靜下思慮，就讓韓秀的慈心慧語洗滌你久未感動的心。

⑬⑦ 清詞選講

葉嘉瑩　著

清詞之盛，號稱中興，其作者之多、流派之盛，以及其對詞集之編訂整理，對詞學之探索發揚，種種方面之成就，固已為世所共見。作者以其豐富的文學涵養，旁徵博引地賞析其所鍾愛的清詞，相信定能讓讀者流連忘返於清詞的世界中。

⑬⑧ 迦陵談詞

葉嘉瑩　著

本書為以詩詞涵養享譽國內外的葉嘉瑩教授，繼《迦陵談詩》之後又一精緻力作。從詩歌欣賞入門到分析溫韋馮李四家詞風，兼論晚唐五代時期在意境方面的拓展等，作者以其細膩的詩心，帶領讀者一起感受詞中的有情天地。

⑬⑨ 神樹

鄭　義　著

曾以《老井》獲東京影展最佳編劇的作家鄭義，在因八九民運遭當局通緝而流寓異國之後，他以一個村落、一棵「神樹」，具體而微地映現當代中國的重重劫難。形象化的語言，原始潑辣的書寫，在魔幻詭麗的背後，透露出對生命與死亡的真實關懷。

國立中央圖書館出版品預行編目資料

古典到現代／張健著.--初版.--臺北市：三民，85
面；　公分.--(三民叢刊；128)
ISBN 957-14-2416-1 (平裝)

1. 中國文學-評論-論文，講詞等

820.7　　　85002225

著作人　張　健
發行人　劉振强
著作財產權人　三民書局股份有限公司
臺北市復興北路三八六號
發行所　三民書局股份有限公司
地　址／臺北市復興北路三八六號
郵　撥／〇〇〇九九九八——五號
印刷所　三民書局股份有限公司
門市部　復北店／臺北市復興北路三八六號
重南店／臺北市重慶南路一段六十一號
初　版　中華民國八十五年四月
編　號　S 85328
基本定價　叁元肆角
行政院新聞局登記證局版臺業字第〇二〇〇號

ISBN 957-14-2416-1 (平裝)